美女，
还是老虎？
The Lady, or the Tiger?
And Other Stories

图书在版编目（CIP）数据

美女，还是老虎？/（美）斯托克顿（Stockton, F. R.）著；舒杭生译. — 南京：东南大学出版社，2015.5

（世界顶级儿童文学家的传世经典）

ISBN　978-7-5641-5544-5

Ⅰ. ①美… Ⅱ. ①斯… ②舒… Ⅲ. ①儿童文学—短篇小说—小说集—美国—现代 Ⅳ. ①I712.84

中国版本图书馆CIP数据核字(2015)第044432号

美女,还是老虎?

出版发行	东南大学出版社(南京四牌楼2号　邮编:210096)
策　划	花狐狸童书馆(025-83291530)
责任编辑	谷　宁
经　销	全国各地新华书店
照　排	南京凯建图文制作有限公司
印　刷	南京玉河印刷厂
版　次	2015年5月第1版　2015年5月第1次印刷
开　本	880 mm×1230 mm　1/32
印　张	4.625
字　数	76千字
书　号	ISBN 978-7-5641-5544-5
定　价	15.00元

(凡因印装质量问题,可直接向营销部调换。电话:025-83791830)

编者的话

　　本套丛书收录作品的作者们，不论他们的经历与背景如何，都是站在孩子的心理角度，饱含了对儿童的尊重与热爱。作品描述了孩子们的内心世界，他们的欢乐与忧愁、幻想与憧憬，以及他们对整个世界的认识。娓娓道来，使人沉醉其中。

　　当代中国处于启蒙阶段的少年儿童，过多地被"卡通"式读物所包围，而真正优秀的儿童文学作品却没有成为他们成长阶段的精神食粮。

　　真正优秀的原创文学作品对少年儿童心灵的启迪、想象的激发、视野的开阔、人格的塑造方面所起的巨大作用，是无可比拟的。这是孩子的企盼，家长的心愿，社会的共识，也是我们精心编选《世界顶级儿童文学家的传世经典》的目的。

　　《世界顶级儿童文学家的传世经典》是"花狐狸童书馆"图书系列的一个重要组成部分。"花狐狸童书馆"是一个长期的出版计划，将引进、译编、出版上百种世界各国一流儿童文学家的传世经典著作，让中国的少年儿童从小就拥有一个包含着东西方最优秀儿童文学的阅读园地，这既是为了中国的未来，也是为了世界的未来。《世界顶级儿童文学家的传世经典》作为"花狐狸童书馆"系列的力作，一定会以其优秀的选题和精心的制作，春风化雨般浸润全中国少年儿童的心扉。

我们需要什么样的文学

——总序

　　这是一套以经典儿童文学的名义献给少年的书。

　　世界上有那么多优秀和经典的文学，那些经久不衰的名字如同星辰照亮了我们头顶的夜空。

　　当然，我们早早就应该去阅读但丁、莎士比亚、雨果、托尔斯泰、博尔赫斯、马尔克斯、伍尔芙以及曹雪芹……只是，对于成长中的孩子来说，他们的作品是否能润物无声地深入稚嫩的心田？是否能让孩子感同身受地体会其中的奥义与精妙？答案或许是否定的。对涉世未深的少年来说，那些高山仰止的作品读来难免感觉艰涩和陌生，文学阅读本应带来的情感共鸣和极致的审美体验自然也要减弱几分。

　　幸得有儿童文学的存在。

　　优秀的"儿童文学"，和优秀的成人文学作品并没有高下之分——儿童文学囊括了所有文学可以表达的主题，但她采用的是儿童和少年易于接受的表现形式和表述方式；这样一种深入浅出的文学，不会在艺术标准上降格以求，更不因读者的年龄之小，而潦草了成人作家需要在其中表达的人生要义。但和一般成人文学不同的是，优秀的儿童文学即便是揭露现实中存在的邪恶，也能融会贯通，让读者不受创伤。和成人文学一样，儿童文学同样表现人性、探索人生，甚至，儿童文学有着比之一般文学更为优越之处——读者所面对的一切都可能是新鲜的，因此，儿童文学更加负有了发现人生、探索人生奥秘、叙写人情之美的责任。

　　我曾用"浅近而深刻、伤感却温暖、真实不残忍、快乐不浅薄"来概括优秀的儿童文学所应具备的特质。她们也是经典，是纯文学，享有和成人文学经典作品同样的艺术价值和荣耀。作家在其中投入了文学的真生命，却以让孩子亲近的形式出现。这样的作品不会拒人以千里之外，而是具有神奇的魔力，让孩子"自然地阅读"，而不是"被动被迫地阅读"。读过这些作品的孩子，能真正感受到心灵的感动、愉悦与震撼，在潜移默化中吸取能量，由衷地热爱上阅读。

一个成长中的孩子，是一定要阅读经典的。

在我们的孩子面前，有着那么多的阅读选择——浅薄逗笑的商业童书、花花绿绿的动漫故事、大同小异如出一辙的校园故事……这样的阅读不能说有害，但充其量和看电视、玩电子游戏无异，至多能消磨时间、放松神经，至于培养高雅志趣、陶冶心灵、得到情感上的升华和艺术审美体验……恐怕是一点都谈不上的。而找到人性的闪光、重新发现人生，认识生活的无奈与希望，看到世界的繁杂和博大，获得醍醐灌顶的思想启示……这些经典儿童文学所能带给我们的美好，在快餐化的阅读中同样是难以得到的。

虽然很难说，阅读的品质能够决定孩子的未来，身处变化万千的世界，阅读仅仅是无数影响他们成长的因素之一；但阅读的趣味，多多少少能影响到他们未来的志趣、品位和气质。一个终日沉迷于电子游戏的孩子与一个热爱阅读的孩子，终究会有些气质上的不同吧？一个趣味肤浅庸俗的孩子与一个热爱高雅艺术的孩子，在长大后也很可能成为精神气象完全不同的人吧？当把一个人的成长史与他的阅读史放在一起研究，我们自然会发现，它们之间有着怎样不可思议的神秘的联系。

　　于是，在给成长中的孩子选择读物时，我们总是小心翼翼，从不马虎。我们并不愿意强迫孩子阅读，只是希望他们自然而然地亲近那些经典的文字，并且自然而然地与书中的人物同悲同喜。他们会带着惊诧与欣喜认识、领受和欣赏——完全陌生、意想不到的环境和时代背景里发生的故事，不可思议、天马行空的想象力，睿智深邃的思想灵光，感同身受同龄人的成长以及生活的诗意、浪漫与美妙……经典的文学，因了那些深入心灵的触动，是可以让单调的生命丰饶起来的，也可以让枯燥刻板的生活变得湿润与丰富，更重要的，是让阅读她们的孩子获得成长的勇气和希望。

　　收入这套《世界顶级儿童文学家的传世经典》的作品在国外都有着巨大影响，有的还成为儿童文学史上经典中的经典，有着完全不同的故事背景和叙述风格。她们中有一些是带着复古气味的书，但我相信，经典的文学恰恰是用时间来为自己证明的，这些书也不例外。

殷健灵

2015 年 1 月 6 日

两难选择的人性考验

——译者序

　　弗兰克·理查德·斯托克顿，是19世纪后期美国著名的小说家，他以一系列儿童创新童话故事闻名于世，虽然生于19世纪，但他的作品在历经几个世纪后依然畅销。他的代表作有《美女，还是老虎？》《玛莎的家》等。令人遗憾的是，他的作品，始终未能比较系统地翻译介绍给中国读者。东南大学出版社这次组织对他的系列作品进行翻译和出版，填补了这个空白，这是令人欣慰的。

　　斯托克顿1834年生于费城。他的父亲是一位知名的牧师，极不赞成他以写作为生，所以斯托克顿曾多年从事木雕艺术工作，直到1860年父亲去世。1867年，他开始为报纸杂志写文章,并发表了第一篇童话故事。1870年,他出版了第一个故事集。

斯托克顿发表过许多作品,包括一系列很有创意的儿童读物。在他的儿童读物中,斯托克顿避免采用当时流行的说教方式,而是以机智的幽默,平静、客观的态度,对贪婪、暴力、腐败以及其他的人性弱点进行鞭挞。他最为著名的寓言故事是《美女,还是老虎?》,这篇故事在达到扣人心弦的高潮时,却戛然而止,把结局留给读者去自行判断:公主究竟会救恋人的性命,还是宁可让他死于虎口,也不让他和别人结婚? 这个讨论曾经成为美国学校语文课的主要课题。而"美女,还是老虎?"也成为英文中的一个修辞手段,指某种无解的问题。

舒杭生

2014年4月22日于北京

目录

第一章

美女，还是老虎？

在很久很久以前，有一个没有完全脱离野蛮状态的国王，在远方拉丁邻国的影响下，他的思想虽然变得有些开明和睿智，但总体上还是放荡不羁、不受约束的，所以他仍然是一个半野蛮半开化的人。他脑子里的想法总是很怪异，而且由于大权在握，他总是可以想做什么就做什么，所以他做出的事情总是让人吃惊。他非常独断专行，所以只要他决定做什么事，就非做到不可。如果国家的每件事务，都按照他的设想顺利进行，那他就会稍微温和友善些；但是，每当出现一点儿偏差，和他预想的情景不太一样，他就会变得很激动，因为最让他高兴的事情，莫过于把扭曲的东西掰直，把不平整的地方抹平。

受到一些先进思想的影响，这个国王逐渐开始走出野蛮状态，其中之一就是设立了公众竞技场。在竞技场中，勇士们对抗猛兽的顽强精神会鼓舞人们的士气，提高臣民们的思想境界。

但是,即便是在竞技场上,国王满脑子野蛮人的思想,还是占据着主导地位。他设立这个竞技场,不是为了让人们听角斗士的临终遗言,也不是为了让人们欣赏人兽之间的较量,而是为了扩展与开发人们的心智能量。这个巨大的露台剧场,四周围绕着长长的走廊,神秘的拱门高高耸立,地下还有暗道机关。更重要的是这里还是一个法场:通过赏罚分明、铁面无私的法令,对罪恶进行惩处,对美德加以表彰。

当一个臣民严重触犯国王的法律时,人们会看到公告,而那个被指控犯罪的人,将在公告指定的日子里,在国王的竞技场上被决定命运。这也使得这个竞技场更加名副其实,因为虽然它的样式和布局是从外国引进的,可它的用途却是国王自己决定的。作为一个真正的国王,其他任何传统的观念,都没有他的奇思异想重要。他所做的每一件事,做的每一个决定,都深深地刻上了野蛮人特有的思想,并且一定让这些思想根深蒂固、开花结果。

当所有人都聚集到走廊里之后,国王在朝臣的簇拥下,在竞技场一侧高高的王位上就座。在国王发出信号时,他脚下的门打开了,被审判的人步入露台剧场。在国王正对面的另一侧,还有两扇一模一样的门,一左一右。被审判的人会直接走向这两扇门,然后打开其中一扇。他喜欢打开哪个，就可以打开哪个，不会受到任何诱导或影响。如果他打开一扇门后，里面走出一只饥饿的老虎，而且还是一只最为凶猛和残忍的老虎，这只老虎就会直接向他扑去，将他撕成碎片，以处罚他的罪行。那么此次审判就将结束。然后，竞技场响起哀悼的钟声，场外花钱雇来的哀悼者，发出大声哀号。密密麻麻的观众，低着头，心情沉重地离场，慢慢走回家去，同时为了一个如此俊美的青年，或如此受人尊敬的老人命运如此悲惨，而感到悲恸。

但是，如果被指控的人打开了另一扇门，从里面走出一位少女，而且是国王从相貌姣好的臣民中选拔出来，最符合被审判者年龄和地位的少女，他就立即与这位少女成婚，以奖励他的清白，不管他是否已经结婚生子，或是否已经钟情于自己所选择的人；国王不允许下层社会的这些男婚女嫁，来干扰自己伟大的奖惩方案。就像前面说的老虎的惩罚一样，婚礼会在竞技场中即刻进行。国王脚下的另一扇门会打开，一位牧师带领一个合唱班和一群少女，在镀金号角的欢快乐声中载歌载舞，并且踏着婚礼赞美诗的旋律，走向这对儿携手并肩的新人。隆重的婚礼开始了，人们敲响欢乐的铜钟，大声喝彩，而这个被宣告无罪的人，会沿着孩子们洒满花瓣的道路，领着新娘回家。

国王就是用这种半野蛮半开化的方式来执法的。很明显，这种方法是非常公平的。罪犯不可能知道少女会从哪扇门里走出来；他随意打开其中一扇门，丝毫也不知道自己是会立刻被吃掉，还是会立即和美女成婚。老虎有时从这扇门里出来，有时又会从另一扇门里出来。这样的判决，不仅是公平的，而且是非常严格的：被指控的人如果有罪，会立刻遭到处罚，如果无罪，则当场得到奖励，不论他自己是不是喜欢。任何人都无法躲避国王竞技场的裁决。

这是民众非常欢迎的一种体制。每逢重大的审判日，人们聚集在一起时，他们永远无法知道自己将目睹的，是血腥的杀戮，还是喜气洋洋的婚礼。这种不确定性，让他们有了一种特殊的兴趣，是其他任何一种审判方式都达不到的。所以，人们既享受了娱乐节目，又很开心。而那些能够独立思考的社会成员，也无法指控这种审判方式是不公平的，因为被指控的人，难道不是完全用自己的双手，决定自己命运的吗？

这位没有完全脱离野蛮状态的国王，有一个女儿，正值花样年华。她出落得楚楚动人异常美丽，可与国王最花里胡哨的奇思异想相媲美；而她的内心也和国王一样，既热情似火，又飞扬跋扈。像所有故事中通常描述的那样，她是国王的掌上明珠；在国王眼里，女儿的珍贵，超过了全人类。在国王的朝臣中，有一位青年，他也像浪漫爱情故事中的主人公一样，血统纯正，但出身低贱。这位皇室公主对自己的恋人也深感满意，因为他的英俊和勇敢在整个王国中无人可比，而且她对他炽热的爱，也带有野蛮人的特色，异常热情与强烈。这一恋情幸福地持续了好几个月，直到有一天国王偶然发现了这件事，他没有迟疑，马上就此事行使了自己的职权。这位青年立即被投入监狱，并且将在指定的日期，在国王的竞技场上接受审判。当然，由于这是一个特别重要的事件，所以无论是国王陛下，还是全体民众，都极为关注这次审判的方式和结果。这样的案件，是过去从来没有发生过的，因为从来没有一个臣民竟敢爱上国王的女儿。以至于在很长一段时间里，这件事一直让人感到新奇和惊异。

人们在王国的虎笼中，寻找最残暴、最凶狠的老虎，只有最凶猛的怪兽，才可以被挑选到竞技场上；法官们在全国各地，仔细考察少女们的地位、青春和样貌，以便这位青年在审判中，一旦遇到不同的命运，能够得到一个比较般配的新娘。当然，每个人都知道被指控者的罪名是已经确定的：他爱了公主！而且无论是他还是公主，或其他什么人，都不想否认这一事实。但是，国王不会让诸如此类的任何事实干扰审判工作，因为他在这项工作中，可以获得极大的愉悦与满足。无论结果如何，这位青年都将受到严肃处理，而国王也将在观看整个事件进程时，获得精神上的享受。整个事件的结果，将决定这位青年擅自与公主恋爱的行为，是对还是错。

指定的日子到了。来自各地的人聚集在竞技场，挤满了场上的巨大走廊，而没有入场券的大批民众，则背靠竞技场的外墙站在一起。国王和他的朝臣已经就座，对面是那两扇决定命运的双子门，一模一样，令人生畏。

一切都已就绪了，国王发出信号。皇室席位下的一扇门打开了，公主的恋人步入竞技场。看到他高大的身躯、英俊的面容和白皙的皮肤，观众发出一片低声的赞美与焦虑的呼叫。半数观众从来不知道，在他们当中竟然生活着一位如此优秀的青年。无怪乎公主爱他！他被送进竞技场内，真是太可怕了！

这位青年走入竞技场后，转过身来，按规矩向国王鞠躬，但是他完全没有把国王放在心上。他的目光，紧盯着坐在父亲右手边的公主。如果这位公主的性格中，没有野蛮人的特质，她多半不会在场。但是，她紧张而炽热的内心，不允许她缺席这个自己极为关注的事件。自从国王颁发法令，宣布在国王的竞技场决定她恋人的命运那一刻起，她日夜思考的，都是这个重大的事件，还有各种相关的问题。因为这件事关乎她自身，而她又拥有着至高无上的权力，所以，她做到了其他任何人都做不到的事情——得知了那两扇门的秘密。她知道门后的两个房间中，哪个房间里是那只凶猛的老虎，哪个房间里是那位等待着的少女。这两扇大门非常厚重，门口严严实实地蒙着一层兽皮，所以任何声音或暗示，都无法穿透它们，让走过来提起门闩的人听到。但是黄金，以及一个女人的意志力，让公主得到了这个秘密。

她不仅知道那位少女站在哪个房间里，她将在房门打开时羞涩而光彩照人地出现在观众面前，而且还知道这位少女是宫廷里最美丽、最温柔的未婚少女。她被挑选出来，作为奖品，在这个被指控青年洗脱高攀公主的罪名时奖励给他。另外，公主也非常讨厌这位少女，因为她经常看到，或者是想象自己看到这个少女，这个美丽的小东西，向自己的恋人投来爱恋的眼神。而在有些时候，她认为自己的恋人发现了这种眼神，甚至也报以同样的目光。她时常看到他们在一起交谈，虽然只是短暂的交谈，但是即便时间短暂，也是可以表达很多内容的。他们也许是在谈一些无关紧要的话题，但是她怎么会知道呢？这个姑娘是可爱的，但是她竟敢不分高低贵贱，把目光投向公主的恋人。祖祖辈辈野蛮人的血液，在公主的胸中熊熊燃烧。她恨那个羞红了脸、在那扇默默无言的大门后战栗的女人。

当她的恋人转过身来看她，两个人四目相对时，她面无血色，洁白如玉。由于恋人之间的心心相印，他看出公主知道在哪扇门的后面将扑出老虎，在哪扇门后面将走出少女。他已经料到她会知道这个秘密，因为他了解她的性格，而且他可以断定，在瞒过所有观众，甚至瞒过国王弄清这件事之前，她是不会罢手的。对这位青年来说，唯一的希望，在于公主是否已经成功地发现了这个谜底。当他的目光落到公主身上的刹那间，他看出来她已经成功了，和自己预料的一样。

现在，轮到他用快速而焦急的目光提问："是哪一个?"青年目光中的这个提问，对公主来说是一目了然的，就好像他是在那里大声提问一样。这一问一答，是在转瞬之间进行的，青年在刹那间提出问题，公主也必须在刹那间做出回答。

她的右臂放在面前围栏的软垫上，抬起手朝右侧做了一个轻微而迅速的动作。除了她的恋人，任何人都没有看她。所有其他人的目光，都集中在竞技场内这个男子的身上。

他转过身去，迈着坚定而快速的步伐，走过空旷的竞技场。每一个观众都停止了心跳，屏住了呼吸，每个人都目不转睛地盯着这个人。他毫不迟疑地走向右手的那扇门，然后打开了。

现在，故事的重点是：从那扇门后走出来的，究竟是老虎，还是少女呢？

我们对这个问题越是苦苦思索，就越是难以做出回答。它涉及人类情感的研究；这种情感会引导我们进入一个又一个爱的迷宫，找不到出路。考虑一下这种情况吧，亲爱的读者，我并不是要你们自己来决定问题的答案。决定这个答案的，是那个燃烧着爱情火焰的，没有完全脱离野蛮状态的公主。她的心，在绝望与妒忌中焚烧。她已经失去了他，但是，又有谁应该拥有他呢？

不知道多少次，无论是醒来，还是在梦中，想到自己的恋人，打开了那扇隐藏着老虎残忍利齿的大门，她都会陷入狂野的恐惧之中，用双手捂住自己的脸。

但是在更多的时间里，她看到他站在另一扇门里！当他看到那位少女从门后走出来时欣喜若狂，而她却是在悲伤欲绝中咬牙切齿，撕扯着自己的头发。看到他冲过去迎接这个女人，而这个女人面颊飞红，目光中闪烁着胜利的光芒；看到他俩挽手前来，死里逃生的喜悦让他容光焕发；听到人群的高声喝彩和响彻云霄的喜悦钟声；看到牧师率领着喜庆队列走向这对新人，并在她的眼皮底下宣布二人结为夫妻；看到他们踏着铺满花瓣的小路并肩离去，身后跟着兴高采烈的人群，而公主绝望的尖叫，淹没在人们的喧闹声中……此时，公主的心，在悲恸中焚烧。

让他立刻死去,在这个野蛮民族的未来幸福世界里等着她,这样做,会不会更好一些呢?

但是,想一想那只凶猛的老虎,那些尖叫,那个血腥的场面!

她的决定,虽然在瞬间告诉给这个青年,但却是经过日日夜夜痛楚的思考得出的。她知道青年会向她询问,她也决定了自己的回答,所以,她没有片刻迟疑就将手伸向右侧。

她究竟做出了什么样的决定,这不是一个容易回答的问题。而我也不想自认为是一个能够回答这个问题的人。所以,我把问题的答案留给你们大家:从那扇门里走出来的,是少女,还是老虎呢?

第 二 章

离开岗位的魂魄

约翰·辛克曼先生的乡间住所，是我非常喜欢的地方，这其中有很多原因。它是一个温馨的地方，令人有宾至如归的感觉，虽然也有一点点儿咄咄逼人的格调。房子的前面，有一片宽阔的草坪，修剪得平平整整，还有高高的橡树和榆树，到处都可以看到小树丛的点点绿荫。不远处，有一条小河，上面有一座散发着乡土气息的小木桥，木头上还留着树皮。花园里种着各种时新蔬果和鲜花，人们在愉快地下棋、打台球、骑马、散步和钓鱼。到处都有美丽的景点，但是任何一个景点，或所有的这些景点，都不足以让我在这个地方停留很长时间。我是在钓鳟鱼的季节被邀请到这儿的，而且本该在初夏结束这次拜访，但是，在那些风和日丽的日子，绿草如茵，阳光温暖宜人，轻柔的春风拂面而来，我亲爱的梅德丽的身影，在高高的橡树下漫步，或在绿荫之间轻快穿行。

这位女孩事实上不是我的梅德丽，她从未对我以身相许，我也从未对她海誓山盟。但是，由于对她的热恋是我人生中的唯一寄托，所以我在自己的白日梦中，把她称为"我的梅德丽"。也许，如果我向这位女孩坦白了我对她的感情，那么在我的白日梦中，就不止"我的梅德丽"这一个称呼了。

但是，这件事做起来实在太难了。我像几乎所有恋人那样，害怕迈出这一步就将立即结束这个令人愉悦的春天，把这个季节变为对爱情的严峻考验，甚至将切断我与她之间的一切交往与联系；而且我还非常害怕约翰·辛克曼先生。这位绅士是我的一个好朋友，但是我那时却没有足够的勇气，向他的外甥女提亲。他的外甥女是一家之主，而且像他自己经常说的那样，她是他风烛残年中的主要支柱。如果梅德丽不表示反对，我是有勇气向辛克曼先生开诚布公提亲的，但是正如我前面所说的那样，我从来没有问过她愿不愿意属于我。我每时每刻都在思考这些事情，尤其是在夜里。

一天夜里，我躺在卧室里宽大的床上，难以入睡。这时，借着一轮新月洒入房间的微光，我看到约翰·辛克曼先生站在门口的一把大椅子旁边。我大吃一惊，首先是因为邀请我的这座房子的主人从来不进我的房间；其次，他那天早上就离家出门了，而且要好几天才能回来。正是由于这个原因，我才能在那个晚上，和梅德丽在洒满月光的门廊里，一直坐到比平时更晚才回去睡觉。可门口这个人，的确是约翰·辛克曼先生的样子，穿着平时的衣服，但又笼罩在一层虚幻与模糊之中，这几乎让我确定那是一个魂魄。难道是这位和善的老人被人谋杀了？而他的幽魂跑来告诉我这件事，并且嘱托我照顾好他的外甥女？想到这儿，我的心跳开始加速了，但就在这时，那个人开口说话了。

他面色担忧地说："您知道辛克曼先生今天晚上是不会回来的吧？"

我努力做出镇静的样子，并且回答道：

"应该不会回来。"

"这让我很高兴，"他一边说着，一边坐进身边的椅子里去，"在过去两年半的时间里，我一直住在这个宅子里，而那个人从未离开过。您无法想象他的离去，让我感到多么轻松。"

他一边说，一边把腿伸直，并向后靠在椅背上。他的身影变得比较清晰了，他衣服的颜色，也更加容易分辨了，而他那担忧的脸色，也被一种感激不尽的释怀表情所取代。

"两年半！"我惊叫道，"我不明白您的意思。"

"一点儿不错，"这个魂魄说道，"我是在两年半前，第一次来到这里的。我的情况很特殊，但是在进一步说明之前，请允许我再问一次，您是否真的确定辛克曼先生今晚不会回来？"

"我完全确定，"我回答，"他今天去了布里斯托，离这里有三百多公里呢。"

"那么我就继续说了，"这个魂魄说道，"因为我很高兴，有机会向一个愿意听我讲话的人谈这件事。但是如果约翰·辛克曼走进来，在这里抓住我，我会吓得六神无主的。"

"这可太奇怪了，"我困惑不解地说，"难道您是辛克曼先生的魂魄？"

这是一个大胆的提问，但是我的内心充满了好奇和困惑，所以似乎连害怕都忘了。

"是的，我是他的魂魄，"我的来客回答道，"但是，我并没有权利做他的魂魄，这正是我感到非常不安，并且非常害怕他的原因。这是一个奇怪的故事，而且我确信是没有先例的。两年半前，约翰·辛克曼先生在这个房间里得了重病。有一阵子，他病得如此严重，以至于人们真的相信他已经死了，结果一份死亡证明被过于匆忙地发出，于是，我被指定做了他的魂魄。请您想象一下，先生，当我接受了这个职位，肩负起相关责任时，那个老人不但复活了，而且身体也康复到平时的状态，这时，我是多么惊讶和恐惧啊。我现在的处境极其微妙而又异常尴尬。我无力返回原先的状态，不再做一个替身，但是我也无权做一个尚未往生者的魂魄。我的朋友们建议我坚守岗位不要声张，并且安慰我说，既然约翰·辛克曼年事已高，那用不了多久我就可以名正言顺地上岗了。但是我告诉您，先生，"他手脚并用地继续说道，"这个老家伙似乎像过去一样精力充沛，而且我一点儿也不知道这个令人恼火的局面还要持续多久。我整天小心翼翼，不要碍到那个老人的事儿，可我又不能离开这个宅子，而他好像无处不在地跟踪我似的。我告诉您，先生，我怕是被他缠上了。"

"这的确是一件稀奇古怪的事儿，"我说道，"但是，您为什么害怕他呢？他又不能伤害到您。"

"他当然不能，"魂魄说，"但是只要他在场，我就会受到惊吓，感到恐惧。请想象一下，先生，如果您处在我的位置，会是个什么样的感受啊。"

我完全无法想象这样的事情，所以我只能耸耸肩膀。

"而且，如果我注定要做一个错误的魂魄的话，"那个幽灵继续说，"那么，我宁愿去做其他人的，而不是约翰·辛克曼的，那会愉快得多。他的脾气很暴躁，而且还喜欢骂人，令人难以招架。如果他看见我，并且知道了我在他的宅子里住了这么久，以及我住进来的原因，我无法想象将会发生什么样的事情。我见过他对人发火的样子，那些人害怕得在他面前缩成一团，虽然他可能不会向我发那么大的火，但我仍然很担心。"

据我所知这倒是真的。要不是辛克曼先生有这样的怪癖，我也许早就跟他谈一下有关他外甥女的事情了。

"我为您感到遗憾！"我说，因为我真的开始对这个不幸的幽灵产生了同情之心，"您的处境的确很麻烦，它让我相信人是有灵魂的。"

"不，这是完全不同的情况，"这个魂魄说道，"灵魂会与一个人一起生活在世间，而且和这个人一模一样，这跟我的情况是完全不同的。我不是来和辛克曼先生一起生活的，而是来接替他的位置的。所以，要是让约翰·辛克曼先生知道了，他会非常生气的。您不这样认为吗？"

我立即表示赞同。

"现在他走了，我终于可以轻松一会儿了，"魂魄继续说道，"而且我很高兴有机会向您说出这件事。我经常进入您的房间，看您睡觉，但是却不敢对您讲话，因为我怕辛克曼先生如果听见我们交谈的话，会走进房间里来的。"

"他能听见您讲话吗？"我问道。

"当然听不见！"魂魄说，"有时候人们可能会看见我，但是只有在我对一个人讲话时，这个人才可以听见我的声音，否则，谁都听不见我讲话。"

"但是您为什么愿意对我讲话呢？"我问道。

魂魄回答说："因为我有时候喜欢对人讲话，尤其是对您这样的人。你们心里充满烦恼与不安，所以你们在我们拜访时，才不会被吓到。但是，我更想请您帮我一个忙。据我所知，约翰·辛克曼先生很可能会长命百岁，而我的处境也将越来越没有着落。我目前的主要计划，就是让自己调离岗位，而且我认为您或许可以帮我个忙。"

"调离岗位！"我惊呼起来，"您在说什么啊？"

"我的意思是这样的，"魂魄说，"既然我现在已经上岗，我就必须是某个人的魂魄。但是，我希望这个人是一个真的往生者。"

"我认为这并不难，"我说，"这样的机会一定很多。"

"完全不是！完全不是！"我的访客急忙说道，"您完全不理解这种局面的紧迫性。每当出现空缺时，都会有成群的魂魄申请这个岗位。"

"想不到世上竟有这种事儿，"我对这件事越来越感兴趣了，"应该有一种制度，大家排队，就好像理发店里的客人那样，等着轮到自己。"

"噢，天呐，那根本行不通！"魂魄说，"有些魂魄注定必须永远等下去。大家总是拼命争抢好的岗位，而有一些岗位是谁都不喜欢的。我就是由于过分着急得到这个好的岗位，才让自己陷入目前的窘境的。不过我想到也许您会帮助我走出这个窘境。您也许会知道一个虽然不大受欢迎，但是随时会出现的岗位呢。要是您在这个机会即将到来之前，立即通知我，我就能想办法调动工作了。"

"您在说什么啊？"我惊呼道，"难道您想让我自杀，或为了您去杀人吗？"

"啊，不，不！"魂魄笑了一下说，"我绝没有那个意思。有一些恋人——他们是我们重点关注的对象——在绝望之余，曾提供过大家都想要的上岗机会。但是我并不打算把这样的事情和您联系在一起。您是我唯一喜欢的聊天对象，我只是希望您可以向我提供有用的情报而已。作为报答，我非常愿意帮你们有情人终成眷属。"

"难道您知道我在恋爱？"我说。

"当然了！"魂魄答道，同时打了一个呵欠，"我来这里这么久，对那件事早就了如指掌了。"

想到梅德丽与我一直生活在一个魂魄的注视下，甚至当我们愉快地漫步于绿荫之间时，也在魂魄的注视之下，这让我不寒而栗。但是，这又是一个极为特殊的魂魄，所以他的请求让我很难拒绝。

"我现在必须走了，"魂魄说着站起身来，"明天夜里我还会再来见您的。而且不要忘了哦——您帮我一个忙，我也会帮您一个忙的。"

第二天早上，我犹豫不决，不知道应不应该将昨夜和一个魂魄会面的事情告诉梅德丽。接着，我又很快做出决定，打算对这件事保持沉默。她要是知道有一个魂魄在这个住宅里出没，很可能会立即搬走的。我没有提这件事，并且做出若无其事的样子，好让梅德丽不会猜疑到发生了什么事情。我曾经希望辛克曼先生离开，哪怕离开一天也好，这样一来，我会比较容易鼓起勇气，向梅德丽提出未来一起生活的话题。而当这个机会终于到来时，我却没有准备好把握时机，我总是想着万一她拒绝了我，该怎么办呢？

但是，我有了一个主意。要是这位女孩主动问我什么事情的话，我就有机会提出这个话题了。她一定已经看出，在我的心中，有某种不安的情绪在荡漾，而她也完全有理由希望这件事情发生的。但是我不想在情况还不确定时，就迈出勇敢的一步。如果她希望我求婚，那么她应该给我某种理由，好让我相信她会接受我的求婚。如果我看不到这种可能性，那么我最好还是静观其变吧。

那天晚上，我和梅德丽坐在洒满月光的门廊里。马上就要十点了。晚餐后我就一直在给自己加油打气，让自己有勇气表白心中的爱。我并没有完全下定决心，但是我希望自己可以慢慢地鼓起勇气，并且在形势乐观的情况下，不失时机地向她进行表白。我的女伴似乎了解这个局面——至少根据我的想象，我越是接近求婚的程度，她就越会期盼我来求婚。这肯定是我人生中举足轻重的一章。一旦我开口表白，结果要么是幸福百年，要么是痛苦终身；而假如我不开口，我相信这位女孩将不会给我第二次机会。

我就这样一边和梅德丽面对面坐在一起闲聊，一边拼命思考这些决定命运的事情。正在这时，我抬起了头，看到那个魂魄近在咫尺。他坐在门廊的扶栏上，跷着二郎腿，就在梅德丽身后，几乎是在我的正对面。幸亏梅德丽正在看外面的风景没有看到我的表情，我当时的样子，一定是满脸惊愕的。魂魄已经告诉过我，说他今夜要来见我，但是我没想到他竟然在我陪伴梅德丽时就出现在我的面前。万一她看到舅舅的魂魄出现在她面前，后果会怎么样是我无法想象的。我没有叫出声来，但是魂魄显然看得出我是多么惊慌失措。

"别害怕，"他说，"我不会让她看见我的，而且她也

听不见我讲话,除非我直接对她讲话——当然我不打算这么做。"

我猜自己当时肯定流露出了感激不尽的神态。

"所以您完全不必担心,"魂魄继续说,"但是在我看来,您的恋爱可并不顺利。我要是您的话,就不会再等下去了,而是立刻表白。您永远不会再有这么好的机会了。现在没有人来打断您,而且根据我的判断,这位女孩似乎很乐意听您吐露心事。谁也不知道约翰·辛克曼先生下次再离开是什么时候,反正这个夏季肯定是不会的。如果我是您的话,我肯定不敢在辛克曼先生在家的时候跟他的外甥女谈情说爱,要是他发现有人追求梅德丽小姐,会立刻变得非常吓人的。"

我对此完全同意。

"一想到他,我就受不了了!"我高声脱口而出。

"想到谁?"梅德丽一边问,一边迅速转过身来看着我。

令人尴尬的局面出现了,魂魄的长篇大论,虽然梅德丽丝毫没有察觉,但是我却听得清清楚楚啊,而且还忘乎所以了。

我必须迅速进行解释。当然了,我可不能承认我在跟她亲爱的舅舅讲话。所以我匆忙说出自己能想到的第一个人名。

"维莱斯先生。"我说。

这个回答是她完全能够接受的,因为我对维莱斯先生确实是无法忍受,因为他对梅德丽的关心,已经到了过分的程度。

"您这样说维莱斯先生是不对的,"她说,"他是一位受过良好教育,非常体贴的男青年,而且他的言谈举止十分让人愉快。他会在今年秋天当选议员,会大有所为的,而且我相信维莱斯先生将会成为一位优秀的议员,因为每当有话要说时,他都知道怎样在恰当的时间地点说出来。"

梅德丽说这番话时非常安静,没有丝毫怨气,非常的自然。因为假如梅德丽对我有好感,而我对一个潜在的情敌表示反感的时候,她是不会感到不高兴的。虽然我听懂了她最后一句话的含意,但是我没有表示出来。我心里非常清楚,如果维莱斯先生处在我现在的位置,他就会不失时机地进行表白的。

"我知道在背后议论别人是不好的,"我说,"我只是一时冲动罢了。"

她没有责怪我,而是在说完那番话以后,似乎更温柔了。而我却深感恼火,因为不得不承认,维莱斯先生成了我的一块心病。

"您不应该那么大声啊,"魂魄说,"要不然会惹麻烦的。我得想办法帮您取得成功，因为这样一来，您就可以帮我了。我相信我是有机会帮您的，哈哈！"

我真想告诉他：你能帮助我的唯一办法，就是立刻从我眼前消失。想想看，当你跟一位年轻的女子谈情说爱时，一个魂魄就坐在旁边的扶栏上，而且那个魂魄还是她令人望而生畏的舅舅的灵魂，一想到这儿我就不寒而栗，但是我努力克制着自己，没有将这些想法说出来。

魂魄继续说："我看您暂时还没得到任何对我有帮助的情报，当然，我是迫不及待需要这些情报的。如果您有什么话要告诉我，我可以等您一个人的时候再来。我可以今夜去您的房间，或者也可以在这里等这位女孩离开。"

"您不必等在这里，"我说，"我对您无话可说。"

没想到梅德丽一跃而起。她满脸通红，目光灼热。

"等在这里！"她大声说，"您要我等在这里做什么？还对我无话可说！真是的！我看也是这样！您对我怎么会有话说呢？"

"梅德丽，"我大吃一惊，急忙向她走过去，"请听我解释。"

但是她已经走了。

对我来说，这简直是世界末日啊！我转身怒气冲冲地看着魂魄。

"我的人生完蛋了!"我哭着说,"你毁掉了一切! 你让我的生活变得一团糟。如果不是因为你……"

说到这里,我的声音颤抖起来,再也说不下去了。

"您错怪我了,"魂魄说,"我并没有伤害您,我只是在想办法鼓励您、帮助您,都怪您自己把事情搞砸了。但是请不要灰心,像这种误会都是可以说清楚的。勇敢些,再见。"

说着,他像是肥皂泡破了一样,从扶栏上消失了。

我闷闷不乐地上床睡觉了。那天夜里,我没有再见到那个魂魄,谁想见到他呢! 单单是绝望和痛楚的思绪包围着我就已经够让我受的了。我的话对于梅德丽来说,是最难堪的侮辱,她肯定也是这样认为的。

我实在想不出有什么方法可以解释这件事。我整夜未眠,反复思考,最后我下了决心,永远不告诉她事情的真相。我宁愿痛苦终身,也不愿意让她知道舅舅的魂魄在家中出没,如果她知道了这件事情,是无论如何也不会接受的。她也许会无法承受这个打击! 不,虽然我的心在流血,但是我绝不会告诉她。

第二天是个阳光明媚的日子,既不太凉,也不太热,春风温柔地吹过,像是大自然的微笑。但是我没有和梅德丽一起散步或骑马。她似乎整天都在忙,我几乎见不到她。我们在就餐时相遇,她彬彬有礼,但是沉默寡言,很显然她已经决定对我敬而远之了。虽然我昨晚以极其无礼的态度对待她，她还是努力做出没有听懂我话的样子。当然，她这样做是恰如其分的，因为她的确不清楚我昨天夜里为什么那样讲话。

我心情沮丧，失魂落魄，欲言又止。万分痛苦之中，唯一能给我安慰的，就是我发现她似乎也并不开心，整天都是一幅心不在焉的样子。那天晚上，我没有去那个洒满月光的门廊，而是四处漫步。我发现梅德丽独自待在书房里。她在看书，我走进了书房，在她旁边坐下来。我认为，虽然我很难为昨天夜里的行为进行辩解，但是我必须做出一个解释。我为自己昨夜的无礼之言拼命道歉，她只是安静地听着。

"我到现在也不知道，你昨天夜里那么说是什么意思，"她说，"但是你的确非常的无礼。"

我拼命表明我并没有无礼的意思，并且用激动的长篇大论向她保证，任何对她无礼的行为，我都不会做的。我说了一大车的话，并且拼命恳求她相信，要不是我已经决定了隐瞒魂魄的事情，我真想对她开诚布公，让她明白一切。

她沉默了一会儿，然后才开口说话（我觉得她说话的口吻，比刚才温柔了一些）：

"你说你不能告诉我的事，是不是和我的舅舅有些关系？"

"是的，"我犹豫了一下，然后回答道，"在一定程度上和他有关系。"

她听到这句话之后，一言不发，继续坐在那里看着她的书，但是并没有往下翻页。从她的面部表情来看，我觉得她对我已经有了几分柔情了。她了解舅舅的程度，丝毫不亚于我，所以她或许已经能够理解我的处境是怎样的艰难了，难怪我会那么胡言乱语，举止失当。我还看得出，虽然我的解释非常勉强，但还是温暖了她的心，所以我开始想，要是我现在毫不迟疑地进行表白的话，或许会有意想不到的结果。无论她是否接受我的求婚，我们之间的关系，都不会比昨天夜里更糟糕，更何况，她的神态似乎是在鼓励我，让我相信如果我向她表白心中的爱，那么她很可能会忘记我昨天夜里愚蠢的喊叫。

我挪动了一下椅子，好离她近一些。但是，正当我准备开口表白时，魂魄突然从她身后跳了出来。我用"跳"这个字眼儿，是因为她身后的门并没有打开，而且也没有听见任何动静。他激动得手舞足蹈，两条胳膊在头上挥来挥去。刹那间，我的心又沉到了谷底。这个不知好歹的魂魄突然出现，让我的一切希望都化为了泡影。有他在场，我连正常讲话都做不到。

我的脸色肯定非常苍白吧！我目瞪口呆地盯着他，眼睛的视线落在他身上，几乎忽略了坐在我与他之间的梅德丽。

"告诉您，"他喊道，"约翰·辛克曼先生从山下上来了，十五分钟后就到！您要是打算做一些谈情说爱的事情，要抓紧时间了。不过，我来这里不是要对您说这个。我给您带来更大的好消息！我终于要调离岗位了！四十分钟前，一位俄国的贵族被虚无主义分子暗杀了，谁都没有想到他会那么快就需要一个魂魄替身，我的朋友们立即为我申请了这个岗位，而且我已经接到了调令，必须在那个讨厌的辛克曼到达山顶之前离开这儿。一旦我走上新的工作岗位，我就可以脱掉这幅可恶的身形了。再见了，您无法想象我有多么高兴，因为我这个魂魄终于可以真正属于一个人了。"

"啊！"我一边大声说，一边站了起来，并且用力伸开双臂，"但愿您是属于我的！"

"我是属于您的。"梅德丽抬起头看着我，热泪盈眶地说。

第 三 章

幽灵典押

在初夏的一个美丽的下午,黄昏将至时,我站在乡间住所的宽敞庭院中。我刚刚用过餐,带着惬意和愉悦的心情,眺望着大片的草坪和果园,以及远处层层叠叠的树林。然后,我漫步到庭院的另一端,向一望无际的草场望去。一群膘肥体壮的母牛,正在悠闲自得地离开草场回家,好让人们挤奶;绿色的麦田里,已经结满了金黄色的麦穗,在夕阳下熠熠生辉。一种因富有而产生的喜悦不由自主地油然而生(原则上,我是反对这种得意洋洋的心态的)。用不了多久,这一切都将是我的了。

差不多在两年前,我娶了约翰·辛克曼先生的外甥女。虽然这处富足的地产在约翰·辛克曼先生的名下,但是他年事已高,已经来日无多,所以他在遗嘱中,将这笔财产毫无保留地留给了我的妻子,这也是我现在倍感喜悦的原因。而且,虽然我原则上反对这种不由自主的得意,但是如果偶然为之,我也是能够接受的。我不是为了她舅舅的钱才和她结婚的,事实上,我俩本以为由于这个婚姻，她将完全失去自己的继承权。约翰·辛克曼先生的外甥女，不仅是他的管家，而且是他晚年时唯一的精神寄托与慰藉，如果她为了我而离开他的话，那他是绝不会原谅她的。可令我俩吃惊的是，她的舅舅竟然邀请我们和他住在一起，而且我们同他的关系，也从此变得更好，更愉快。辛克曼先生最近也多次向我表达了他的满意，因为我向他证明，我也同样具有一颗仁慈与正直的心。我精心照看牲畜和庄稼；在管理方面我显示出自己非凡的才华；而且在他外出时，我对这处宅第的精心照看与管理，丝毫不亚于他本人。他现在已经年迈多病，并且厌倦了这一切，所以，当我向他证明，我原来并不是他过去心目中的那个四体不勤五谷不分的城里人时，他在最后的日子里，得到了巨大的安慰。想到这个老人将不久于人世，我们深感悲伤。我们很乐意与他长期生活一起，但人终有一死。所以，我们对这皆大欢喜的亲事，感到非常高兴。自恃清高的读者们，千万别把我看成一个没心没肺的冷血动物啊。

但是假如你们处在我的位置，站在那个赏心悦目的庭院中，我相信你们是不肯久留的，因为就在我眺望广袤的田野时，我感觉有东西在触碰我的肩膀。我说不好是不是真的发生了触碰，但是我的感觉告诉我，显然有一个人在碰我。我立即转过身来，看到一个高大的身影站在我的身边，穿着一身俄国军官的制服。我虽然大吃一惊，却没有出声。我知道这个身影是怎么回事，它是一个幽魂——一个名副其实的魂魄。

几年前，这个地方曾经闹鬼。我对这件事非常了解，因为我亲眼看见了那个鬼。但是，在我结婚前，那个魂魄已经消失了，从此再也没有出现过。所以我承认，想到这是一处既无典押也无债务的地产，而且就连那个曾经出没的魂魄也已经离去，我极度满意的心情，难以言表。

但是现在他又来了。即使装束和外貌不一样，我也认得他。他正是那个魂魄。

"啊！"我惊呼道，"又是你？"

"这么说您还记得我？"那个身影说。

"是的，"我回答，"我记得你过去的样子。虽然你现在的样子完全改变了，我觉得你还是我过去见到的那个魂魄。"

"您说得对，"幽魂说，"我很高兴看到您一切顺利，而且显然很幸福。但是就我所知，约翰·辛克曼先生的健康情况极为不佳。"

"是的，"我说，"他年迈多病，但是我希望，"我继续说着，一团焦虑的阴影笼罩在我的心头，"即使他过世，也和你没有任何关系。"

"是的，"魂魄说，"我对目前的岗位非常知足。我夜里上班，白天下班，所以这里与俄国的时差，让我有机会一大早来看您，并且重游对我来说如此熟悉、如此亲切的风景胜地。"

"或许，当你第一次穿上这身制服时，就期待着这一天吧！"我说。

魂魄微微一笑。

"我得承认，"他说，"我正在为我的一个朋友谋求这个岗位，而且我相信他会如愿以偿的。"

"我的天啊！"我叫出声来，"难道说这所房子，在老先生过世后又要开始闹鬼了？为什么我们一家要承受如此残忍的折磨呢？别人家死去的人，都不会变成鬼在自己的房子里出没的。"

"啊，是的！"幽魂说，"确实有很多岗位从来没有接到过申请。但这里的岗位是个美差，所以已经有很多魂魄在申请了。我认为如果我的朋友获得了这个岗位，您会喜欢他的。"

"喜欢他！"我发出痛苦的呻吟。

这说法对我来说简直太恐怖了。

魂魄显然察觉到了他的话对我产生的影响有多么深刻，因为他的脸上浮现出一丝同情。我看了他一会儿，突然有了一个主意。如果一定要有一个魂魄在这个宅第出没，那么我宁可要面前的这个。但愿阴间有双重岗位这种东西！既然这里是白天，俄国是黑夜，这个幽魂干嘛不在两个地方倒班上岗呢！正常人也经常从事两份工作嘛。这个主意似乎可行，于是我跟他商量了一下。

"谢谢您，"魂魄说，"但是，我们不可能进行这样的安排。这里与俄国的黑夜白昼是无法严格区分的。更何况，如果在这里上班，必须是二十四小时坚守岗位。您一定记得，我在白天和黑夜，都曾经拜访过您！"

可不是吗！我想起来了。在这里上班的魂魄无法兼职，这真是太不幸了。

我问他："为什么不能让一个人自己的灵魂去处理这些事务呢？我一直认为这是进行管理的正确方法。"

魂魄摇摇头。

"请您想一想，"他答道，"一个人自己的灵魂，既没有经验，又没有势力，怎么可能在一大群精通业务、有权有势的申请者的激烈竞争中胜出呢？当然，一个人成为自己魂魄的案例，也时有发生，不过这是因为这个岗位无人问津，所以也就没有了竞争的原因。"

"但是这个新来的魂魄，"我忧心忡忡地大声说，"难道他将以辛克曼先生的身影出现吗？要是我的妻子看到这样一个魂魄，会被吓死的。"

"不，"我的访客说，"他不会以约翰·辛克曼先生的身影出现的。如果您喜欢的是我在这儿出没的话，我对此感到高兴，因为您是唯一让我畅所欲言的知己。再见了朋友。"

话音刚落，我身后的俄国军官身影就不见了踪迹。

我垂着头，一动不动过了好长时间，再也不是那个带着愉悦的心情，眺望优美风景的那个人了。我感觉虽然是在白天，但一切却笼罩在阴影之中。这处富足的地产，将不再如我们期待的那样，清静而无债务地归我们所有了，它将被置于一个恐怖的财产控制权之下，也就是所谓的幽灵典押。

梅德丽抱着贝格拉姆上楼了，贝格拉姆是我们的小宝宝，我一点儿也不喜欢这个名字。但是，贝格拉姆是梅德丽娘家的姓，所以她坚持给我们的小宝宝取这个名字。梅德丽对贝格拉姆的疼爱，经常让我觉得有些过分，因为有很多次，当我非常希望妻子陪伴在身边时，她却要一刻不停地照看贝格拉姆。好在我妻子的妹妹和我们住在一起，所以孩子有了一个保姆，尽管如此，梅德丽仍然一心扑在贝格拉姆身上，以至于我大部分时间，非但没有享受夫妻幸福，反而是孤孤单单一个人，或是与老先生或者蓓蕾在一起度过的。

蓓蕾是一个很有教养的姑娘，虽然在我看来，她不像她姐姐那样妩媚迷人，但是在其他一些人看来，姐妹俩竞相媲美，难分上下——尤其是对一个人来说，这个人就是维尔·科林肖。他是我的一个老同学，这会儿正在南美担任土木工程师的工作。维尔公开追求蓓蕾，尽管她始终没有正式接受他的追求。但是梅德丽和我，都大力支持他们成婚，而且急于为蓓蕾张罗这门亲事。同时我们也完全相信，等维尔回来，一切都将如愿以偿。这位工程师是一个非常优秀的青年，前途无量，而且是我最好的朋友。我们计划在他们成婚后，让这对儿新人和我们住在一起。无论对蓓蕾还是她的姐姐来说，这显然都是令人愉快的安排。而且维尔对我来说，也是再理想不过的伙伴。他不会再去遥远的国度工作了，而且我们还将有一个最令人愉快的住所！

但是现在，一个魂魄的恐怖阴影，出现在我们的生活里！

一周后，约翰·辛克曼先生去世了，我们为他安排了最好的葬礼。我对他的去世，也表达了最深切的哀悼。真希望他能够活得和我们一样久。

当家里一切都平静下来后，我开始等待那个魂魄的到来。我确信他将首先出现在我的面前，而且虽然对他的到来感到懊恼，我同时却有些好奇，想知道他会以什么样子出现。他不会以约翰·辛克曼的样子出现——这是我在整个事情中唯一的一点儿安慰。

但是，好几个星期过去了，我什么魂魄都没有见到，于是我开始想，或许我对这样一个房客所表现出来的厌恶，产生了效果，所以他不敢现身了。而现在，又有一个问题占据了我的思绪。

夏日的一个愉快的下午，我想邀请蓓蕾与我一起散步。我本来是想和梅德丽一起散步的，但是她有事情，她正忙着为贝格拉姆做一块布，后来我才知道那是婴儿车上用的毯子。不管怎么说，她抽不出时间来陪我。梅德丽不在身边的时候，我很喜欢和蓓蕾一起散步。她是一位令人愉快的姑娘，而且每次和她一起散步时，我都会对她讲科林肖的事情。我越来越渴望她嫁给我的好朋友。但是这天下午，蓓蕾犹豫不决，看上去有些困惑。

"我今天不打算去散步。"

"但是您已经戴上了帽子，"我催促道，"您好像已经准备去散步了呀。"

"不是的，"她说，"我是想去一个地方看书。"

"但是您并没有带书啊。"我看着她的手说。她的一只手里拿着一把阳伞。

"您说得一点儿不错，"她轻轻一笑答道，"我要去图书馆取一本书。"说完后，她快步离开了。

她的这种举动，有某种令我不快的东西。我坚信她在下楼时是准备去散步的。但是她并不想与我一起散步——这一点是显而易见的。我只好自己去散步，并且走了很久。当我回来时，晚饭已经准备好了，但是却不见蓓蕾的身影。

"她去什么地方看书了?"我说，"我去找她好了。"

我朝草坪尽头的那片层层叠叠的树林走去，然后又穿过树林，但是仍然看不见蓓蕾的身影。又过了一会儿，我的视野里出现了她的长裙，就在不远处的一片空地上。我朝前迈了几步，终于清楚地看到了她。当我看到她站在树荫下，同一个男青年讲话时，大家不难想象我是多么的惊讶。他背对着我，但是从他的身材和举止来看，我断定他是一个年轻人。他歪戴着帽子，手里拿着一根短鞭，脚上穿着一双马靴。他和蓓蕾正在热烈地交谈，完全没有注意到我的到来。看到这种情景，我不仅吃了一惊，而且深感震动。毫无疑问，蓓蕾是来见这个青年的，但这个人对我来说，完全是一个陌生人。我不想让她知道我看见他们俩在一起，所以我悄然后退到他们的视线之外，然后开始喊她的名字。没过多久，我看到她朝我走来，而且，果然不出我所料，她是自己一个人来的。

"真是的，"她喊道，一边看了看自己的手表，"没想到已经这么晚了。"

"您一定是看书看入迷了！"我一边说，一边和她一起走回家。

"我看了一小会儿。"她答道。

我不再说话。调查这件事，不是我的职责。但是那天夜里，我把事情原原本本地告诉了梅德丽。这个消息让她非常不安，而且她也像我一样非常悲伤，因为蓓蕾显然想要欺骗我们。如果有必要，我的妻子可以暂时将贝格拉姆放在一边，并开始迅速而谨慎地行动。

"我明天和她一起去，"她说，"如果这个人再次出现，我决不让他们俩再单独见面。"

第二天下午，蓓蕾又拿起书出门了。但是她没走几步，就遇到了梅德丽，她也带了帽子和阳伞。她们一起走进了那片层层叠叠的树林。吃晚饭前她们回到了家。吃饭时，梅德丽小声对我说：

"那里没有人。"

几个小时后，当我们单独在一起时，我问道："难道她也没有对你提到昨天的那个年轻男士！"

"一个字也没有，"她说，"尽管我一次又一次暗示她。我在想，你会不会搞错了！"

"我肯定没有搞错，"我答道，"我亲眼看见那个人，就像我现在清楚地看见你一样。"

"蓓蕾对我们这种态度非常不好，"她说，"如果她很想和年轻男士交往，说出来就是了，我们会邀请他到家里来做客的。"

最后这句话，我实难苟同。我倒不介意蓓蕾认识一些年轻男士。但是我希望她嫁给维尔·科林肖，毫不怀疑。尽管如此，我们夫妻俩仍然达成协议，不向她谈及这个话题。我们不应该探听她的秘密，而且，如果有什么事情需要说出来，她自己会说的。

每天下午，蓓蕾都会拿着书出门。但是我们既没有陪她，也没有暗示她坚持单独散步或读书。一天下午，家里来了客人，所以她不能出门了。那天夜里，我已经睡着了，却被梅德丽轻轻摇醒。

"你听，"她小声说，"蓓蕾在和谁讲话？"

那天夜里很热，所以我们的门窗都开着。蓓蕾的卧室离得不远，所以我们可以清楚地听见她在低声讲话。她显然在和什么人交谈，但是我们听不见这个人的声音。

"我去看看究竟怎么回事。"梅德丽说着从床上坐起来。

"不，不，"我小声说，"那个人是在屋子外面。我们下楼去找他谈。"

我披上衣服，然后蹑手蹑脚地下楼。我打开后门，然后出门绕到了蓓蕾的窗子下面。刚走到拐角，我就看见了那个曾经和蓓蕾讲话的潇洒的年轻人，他抬着头站在窗下歪戴着帽子，手里提着马鞭。

"你好啊！"我大声说，并且快步朝他走去。听到我的声音，他立即转过身来，现在我可以看清他的脸了。他年轻而又英俊，脸上有一种似笑非笑的表情，仿佛他刚才是在和蓓蕾说俏皮话一样，但是他没有把话说完，也没有对我说话，而是迅速地躲到旁边的一片常青树背后，消失不见了。我跑到树丛后面，但是找不到他。那里有很多灌木丛，一个人如果藏在那里，是很难被发现的。我继续搜索了十分钟左右，并且在确定那个小伙子已经走掉后，我回到屋里。梅德丽点亮一盏灯，然后在楼上大声问我有没有找到那个人，一些仆人也起来了，担心发生了什么事情。贝格拉姆在哭，但是蓓蕾的房间里却静悄悄的。梅德丽从敞开的门朝里看，看到她安静地躺在床上。我的妻子一言未发，返回我们的房间，并和我就这件事讨论了很长时间。

第二天早上，我决定给蓓蕾一个讲话的机会。在吃早饭的时候，我对她说：

"昨天夜里的动静，您一定听到了。"

她平静地说："您抓到那个人了吗？"

"没有，"我有些气恼地回答，"要是抓到就好了。"

"假如您抓到他，会如何处理呢？她一边问，一边极其缓慢而小心翼翼地将奶油倒入燕麦粥里。

"处理!"我惊讶得大声说,"我不知道我会如何处理。但是有一点可以肯定:我要让他明白,我绝不容许任何陌生人,半夜三更鬼鬼祟祟地在我家附近出没。"

蓓蕾听到最后这句话,脸色微红,但是她没有回话。于是这个话题到此结束了。

这次谈话,让梅德丽和我本人都极为痛苦。我们俩现在都非常清楚,蓓蕾意识到我们已经知道她认识这位年轻男士,但是她依然决心什么也不告诉我们。她对我们的这种态度非常恶劣,而且我们也忍不住流露出不满了。但是蓓蕾却非常安静,而且完全不再是过去的那个活泼的姑娘了。

我催促梅德丽去找蓓蕾,以姐姐的身份跟她谈话,但是她拒绝了。"不,"她说,"我了解蓓蕾的个性,那会把事情搞糟的。就算会吵架,也不应该由我来引起。"

我决心停止这种不愉快的感受,因为对我来说,这种感受比起吵架,好不到哪儿去。我要尽最大可能,停止这位年轻男士的探访。我有可能会惹得蓓蕾生气,但是只要能阻止这个死皮赖脸的家伙,而且等维尔·科林肖回来,发动爱的攻势,那么一切都会好起来的。

这会儿,说来奇怪,我竟然开始期待那个魂魄的到来了。我一直在思考用什么样的手段,阻止蓓蕾的秘密访客再次到来，同时我也发现，这个问题是很难解决的。我不能朝他开枪，而且很难防止两个年轻人再次相会，因为他们实际上并不受我的控制。但是我突然想到，要是那个魂魄可以协助我，事情就好办了。如果它像从前那个在宅子里出没的魂魄一样，有包容心，并且助人为乐，就会立刻同意帮助我破坏这对恋人的关系，从而改变一家人的命运。如果它同意出现在他们约会的地方，这件事就不难解决了。根据我的人生经验，在一个魂魄的面前谈情说爱，绝非一件令人愉快的事情，甚至是不可能做到的事情。

每天夜里，当所有人都上床睡觉后，我都四处寻找，检查每一个门廊和阳台，抬头观察烟囱和屋顶的装饰，希望能看到那个魂魄的出现，虽然就在不久前，我对它的到来，还深感不满和厌恶。我认为，哪怕我能够再次遇到那个在俄国上岗的鬼，我也可以想办法达成目的。

在开始夜巡后的第三天夜里，在不远的一条小路上，我又遇到了那个给我们带来这么多麻烦的年轻人。他竟敢再次出现，让我气愤到了极点。借着透过云彩、半明半暗的月光，我可以看见他戴着那顶花里胡哨的帽子，而且戴得更歪了。他双脚分开站着，手背在身后，手里拿着马鞭。我快步朝他走去。

"你好啊，先生！"我大叫一声。

他似乎一点儿都没有受到惊吓。

"您好！"他说，并且朝我点头。

我大声说："先生，你竟敢擅自闯入我的住地！这是我第二次发现你了，所以你给我听好了，你必须立刻离开这里。要是你再次在这处宅地上被逮到，将按私闯民宅论处。"

"您所言极是，"他说，"我很抱歉给您造成这么多麻烦。而且请相信我一直在尽量避免碍您的事儿。但是，既然您显然一定要与我结识，我认为我还是应该站出来的好，我们有话好说。"

"你少跟我胡搅蛮缠！"我厉声说，"你究竟来干什么？"

"这个嘛，"他说，并且轻轻笑了一下，"既然您想知道，我并不介意告诉您，我是来见蓓蕾小姐的。"

"你这个不知羞耻的无赖！"我大声喝道，一边举起了手中的棍子，"立刻给我消失，否则我打断你的脖子！"

"好啊，"他说，"放马过来吧！"

我其实并不想打断他的脖子，所以我抡起棍子，朝他的右腿打去。

棍子竟然从他的两条腿中间穿过去了！他是那个魂魄！

我大吃一惊，连连倒退，然后一屁股跌倒在一个花坛上。我吓得连说话的力气都没有了。虽然我过去见过魂魄，但是眼前突然发生的情况，却让我手足无措。

"现在，您大概知道我是谁了。"魂魄说，并且走过来，站在我面前。"过去在这里工作的那个魂魄对我说，贵夫人不喜欢幽灵，所以我最好别让你们俩看见我。但是他对蓓蕾小姐只字未提，而且我对天发誓，先生，即便他提到蓓蕾小姐，也无关紧要，因为如果不是为了这位迷人的年轻女子，我是根本不会到这里来的。我是爱德华男爵的魂魄，大约在七十年前，我在我国南方名噪一时。我对女子的魅力独具慧眼，先生，而且只要有机会追求一位女子，我从来都是手到擒来。后来，我对女子的追求有些过分，引起了一个年轻人的嫉妒，他叫卢戈斯。在九月的一天上午，我们进行决斗时，他开枪打死了我。从那以后，我就一次又一次，在十几户有漂亮姑娘的人家出没。"

"你的意思是说，"我终于缓过劲儿来，开口问道，"一个魂魄竟然会为了追求姑娘，回到这个世界上来！"

"怎么，您在想什么哪！"爱德华男爵的魂魄惊讶地说，"难道您以为，只有老吝啬鬼，和为爱而心碎的少女，才心有不甘，而想要回来吗？不，先生！只要有机会，我们每一个有一定身份的魂魄，都会回来的。我对天发誓，先生！我曾经追求过蓓蕾小姐的祖母！而且我们那时也是一群风流倜傥的年轻人！这件事没有任何人知道,所以成了更加美好的回忆。"

"难道你打算留在这里,对我的小姨子想入非非吗?"我忧心忡忡地问。

"当然啦,"鬼答道,"难道我没说过,这正是我到这里来的目的吗?"

"你难道不明白你将造成的严重恶果吗?"我问道,"你将拆散她和一位极为优秀的绅士之间的姻缘,而且我们大家都在期盼这位绅士……"

"拆散姻缘！"爱德华男爵的魂魄惊呼道,同时满意地咧嘴一笑,"我拆散的姻缘,早就数不胜数了！我离开人世之前做的最后一件事,就是拆散了一对恋人的姻缘。她再也别想嫁给开枪打死我的那位先生了。"

这个幽魂显然毫无良知底线。

"即便你对那件事满不在乎,"我愤怒地说,"我还是可以明确地告诉你,你将使这位年轻女子和她最好的朋友之间,产生敌对关系,而这将导致非常严重的后果。"

"好了,听我说,先生,"魂魄说,"如果您与夫人真的是她的朋友,你们就不会做蠢事,自找麻烦了。"

我没有回答他,而是郑重警告他,我要向蓓蕾小姐揭露他的真相,从而立即中断他们的来往。

"如果您对她说,她一直与追求过她的祖母的魂魄

散步和聊天 ——虽然她可以在祖母的信件中，找到一些我的亲笔信——您会把她吓傻的，她会精神失常的。我非常了解女孩子，先生。"

"我也非常了解！"我发出痛苦的声音。

"不要太激动，"他说，"只要你们不干涉这个姑娘的事情，一切都会皆大欢喜的。晚安！"

我上床之后怎么也睡不着。现在的局势非常恐怖，小姨子的追求者是一个魂魄！难道有人承受过这样的考验吗？而且我还必须单独承受。可叹我心中的这个秘密，无人分担。

在这以后，我又多次看见这个可恶的幽魂。他带着一幅幸灾乐祸的表情，向我点头，但是我根本不想和他讲话。一天下午，我进屋找我的妻子，顺道走进贝格拉姆的婴儿房。孩子在睡觉，旁边没有人陪着。我站在那里，若有所思地凝视我的儿子。他是个漂亮的孩子，而且显然带有高贵的气质，但是我却忍不住希望他年龄再大一些，换句话说，不再需要妈妈时时刻刻加以照看。如果她可以对贝格拉姆少一分关爱，对我多一点关心，我的婚后幸福将锦上添花。

就在这些念头在我脑海中闪过时，我抬头看见爱德华男爵的那个可恶的魂魄，就站在婴儿床的另一侧。

"好漂亮的孩子！"他说。

看到这个厚颜无耻的家伙，竟然在我家最神圣不可侵犯的地方出现，我怒火中烧。

"你这个邪恶的无赖！"我大喊。

就在这时，梅德丽走进了房间。她面色苍白，神情严肃，快步走到摇篮前，把孩子抱起来。然后，她转身对我说：

"我在门外，见到你看着我的宝宝。我听见你对他说的话。原来我过去怀疑的事情是真的！"说完，她抱着贝格拉姆，大步走出了房间。

那个鬼在梅德丽进入房间时，一溜烟没影儿了。我心中充满愤怒与痛苦，因为我妻子从来没用过这种语气对我讲话。我跑下楼，冲到外面，久久漫步，走到很远的地方，我的心中充满悲痛。回到家时，我看到妻子留下的字条：

"我带贝格拉姆和蓓蕾去汉娜姑妈家了。我不能和一个管我的孩子叫'邪恶的无赖'的人一起生活。"

我在痛苦中坐下来时，心中却竟然出现一丝安慰——她带走了蓓蕾。我最初的冲动是跟她进城，并说明一切，但是我立刻想到，如果这样做，我就必须告诉她魂魄的事情，这样一来，她肯定永远不会带着贝格拉姆返回这个闹鬼的宅第了。而我也必须为了挽回我的妻子，放弃这个美丽的住所！

一连两天，我都在冥思苦想，并且忧心忡忡地四处游荡。

有一天，我正心情沮丧地游荡时，碰到了那个魂魄。"你还来干什么！"我大声喊道，"蓓蕾小姐已经走了。"

"这我知道，"幽魂答道，他的态度还是那样无耻和嚣张，"但是她会回来的。您的妻子回来时肯定要带着她的。"

听到这里，一个念头在我脑子里闪过。既然这样，蓓蕾应该永远不要回来。这么一来，这个令人讨厌的风流男爵的鬼，就再也没有借口在我家出没了。

"有你在这儿，她永远不会回来！"我喊道。

"这我可不相信。"鬼冷静地答道。

我没有进一步强调我的立场。我已经决定了下一步的行动。跟这样一个不知好歹的东西生气，实在是耽误时间。但是，我或许可以从他嘴里得到一些情报。

"请告诉我，"我问道，"如果由于某种原因，你要离开这个地方，并且不再继续纠缠，会有谁来接替你吗？"

"您用不着盼我走，"他轻蔑地说，"您的这些雕虫小技，对我根本不起作用！但是我要告诉您，如果我真的想离开，这里马上就会有另一个魂魄。这下您满意了吧？"

"到底为什么,"我跺脚哭道,"天下有成百上千的住所,连个鬼影都没有,偏偏这户人家闹鬼?"

"老头儿啊,"幽魂一边说,一边抱着胳膊,眯缝着眼看着我,"其实,吸引鬼的并不是这个宅子,而是住在里面的某个人。只要有您在,这里就会闹鬼。但是您也不必太在意。有些宅子闹耗子,有些闹瘟疫,有些闹鬼。再见。"话音刚落,我又是一个人了。

看来,这一幽灵典押永远不能偿还了!我心情沮丧,迈着沉重的步伐穿过那片层层叠叠的树林,回到曾经幸福的家中。

我回家还不到半个小时,蓓蕾就回来了。她是赶乘早班火车来的,而且随身只带了一个小手袋。我吃惊地看着她。

"你昏了头还是怎么着?"我叫出声来,"难道不能过三天再回来吗!"

"我很高兴您这么说,"她答道,一边坐下来,"因为现在我终于明白,您的心事果然不出我的意料之外。我从梅德丽那里偷偷跑回来,是想看看我能不能弄清楚,你们之间究竟发生了什么问题。她告诉了我您说的话,但是我不相信您会对贝格拉姆说那样的话。现在,我要问您一个问题。这件事和我有没有关系?"

"没有,"我说,"没有直接关系。"接着,我又忍不住补充说:"但是,您的那个秘密的客人或朋友,和这件事有很大关系。"

"这一点我也想到了,"她答道,"既然如此,乔治,我想告诉您一件事。恐怕您听了会大吃一惊。"

"我最近受的惊吓太多了,所以没什么能更让我害怕的。"

"那好吧,是这样的,"她说,"我去见的那个人,就是您在窗外看见的那个,其实是一个魂魄。"

"您已经知道了!"我叫出声来,"我知道他是一个魂魄,但是没想到您也看出来了。"

"这有什么,"她答道,"我几乎第一眼就看穿了他。刚开始我有点吃惊和恐惧,但是我很快意识到,这个魂魄无法伤害我,而且您不知道他是多么幽默。我一直对魂魄非常好奇,但是我完全没有想到,竟然会真的遇到。"

"这么说,您一直知道它不是一个真人!"我吃惊地说,仍然对我听到的话感到惊异。

"真人!"蓓蕾喊了一声,语调带着强烈的轻蔑,"您认为我会用那样的方式,结识一个真人吗?而且还让他到我的窗下来跟我讲话!我本来决心不告诉您这件事,因为我知道您不会赞成的,而且还会打断这其中的乐趣。现在我真希望我一开始就把这件事说出来。"

"是的，"我答道，"那就可以避免很多麻烦了。"

"但是，乔治，"她接着说，"您完全无法想象这多么有趣！这个魂魄是如此荒唐、自欺欺人，而且他是一个非常古板的追求者！"

"可不是嘛，"我说，"他活着的时候，还追求过您的祖母呢！"

"真是厚颜无耻！"蓓蕾大声说，"我原来竟还以为他是一个真人！有一天，他跟我讲话的时候，不小心踩进一片玫瑰丛里，竟然在里面站了好长时间，与玫瑰和绿叶完全融为一体！"

"这么说您早就知道了！"

这句话，来自旁边一个空洞的声音。我们急速转过身来，看到了爱德华男爵的魂魄，但他已经不是我们过去看见的那个风流潇洒的幽魂了。他的帽子戴在后脑勺上，膝盖朝内弯曲，双肩下垂，低着头，而他的胳膊，在两侧无力地晃晃悠悠。

"是的，"蓓蕾说，"我早就知道了。"

他用黯然无光的眼睛盯着她看，然后，他没有像往常一样眨眼间消失得无影无踪，而是慢腾腾、犹豫不决地消失了。首先消失的是他的身体，然后是他的头，留下帽子和靴子，最后全部消失了。这位曾几何时风流倜傥的爱德华男爵，最后留下的残败影像，是一个扭曲的肢体,和低垂的马鞭。

"他走了,"蓓蕾说,"我们再也不会看见他了。"

"是的,"我说,"他走了。我认为,正是由于您识破了他的真相,所以彻底击溃了他的骄傲。现在,梅德丽的事情怎么办呢?"

"您说的无赖,不就是那个魂魄吗?"蓓蕾问。

"就是啊!"我答道。

"那么就去告诉她好了。"蓓蕾说。

"把魂魄的事情一五一十都告诉她!"我惊讶地说。

"当然!"她说。

于是,我们一起去见梅德丽。我把一切都告诉了她。我发现她已经不生气了,而是陷入深深的痛苦之中。我说完后,她终于不再一门心思扑在贝格拉姆身上,而是一头扑进我的怀中。我用力将我的妻子和孩子抱在胸前,高兴得哭了。

维尔·科林肖回家时,我们给他讲了这个故事,他说自己一点儿都不担心。

"我不害怕那样的情敌,"他说,"这样的追求者,根本就没有任何竞争机会。"

"但是我必须告诉您,"梅德丽说,"您最好自己主动些,蓓蕾这样的姑娘,是丝毫不缺乏追求者的。"

科林肖听从了她的建议,于是这对儿新人在秋天完婚了，婚礼在附近的小教堂举行。这是一次安静的婚礼，仅限于家人参加。仪式结束时，我好像感觉到或看见——因为我肯定没有听见，我身边有轻轻的叹息。

我转过身，看见爱德华男爵的幽魂坐在圣坛的台阶上。他低着头，拿着帽子和马鞭的手漫不经心地放在膝盖上。

"太可惜了，先生！"他叹道，"要不是我一失足成千古恨，我也许已经结婚了，而且已经是那姑娘的祖父了！"

听到这句话，我微笑了。

"现在已经无法挽回了。"我答道。

"竟然在婚礼上说这样的话！"梅德丽说着，用她的胳膊肘狠狠地顶了我一下。

第 四 章

我们的射箭俱乐部

我们村办了一个射箭俱乐部，而我是最早加入的会员之一。但我却不能因此而自称对射箭运动情有独钟，因为当地几乎所有的女士和绅士，也都是和我同时加入的。

我认为，在提议成立俱乐部之前，我们当中很少有人真正地了解射箭运动。而在提议之后，我们所有人都意识到，在弓箭的研究和使用方面，我们有多么浓厚的兴趣。俱乐部宣告成立之后，我们三十个会员，开始讨论枪木、红豆杉，以及绿心硬木弓的相对优势，并研究哪些院落、草坪和地点更适合进行射箭练习。

我们每周进行活动，大家聚在一起，通过友谊赛展示我们在练习中学到的东西。举办这些活动的地点，一般是在乡村绿化带，其实不如说是计划成为乡村绿化带的地方，原来是当地一位绅士的财产，那里有一大片秀美的田野，到处是修剪整齐的草坪和浓绿的树木绿荫。他原本将这处地产赠送给了镇政府，但是镇政府始终没有履行诺言对这块地方进行开发与改造，而是让这里成了牛羊吃草的地方。于是他收回了他的赠礼，用篱笆挡住了牛羊，并锁住了大门，将钥匙挂在他的谷仓里。我们的俱乐部成立时，他将这片仍然称为绿化带的场地提供给我们作为活动场所，为了表达感激之情，我们选举了这位主人为我们的会长。

作为射箭俱乐部的会长，这位先生具备优良的资质。首先，他不射箭，这使他既有时间，也有机会管理其他人的射箭活动。其次，他是一个高大而又和蔼可亲的人，上了一点儿年纪。由于年迈的缘故，他不可避免地患有小小的疾病，例如轻微的风湿症，这使他无法融入年轻人的欢乐之中，但是作为一种补偿，却让他获得了一份名至实归、心满意足的工作。他患的是慢性疾病，虽然将日益严重，但是到目前为止尚无大碍。

于是，虽然他对弓箭、射靶，以及箭无虚发的兴趣之浓烈，与我们不相上下，却从来不曾开弓放箭。但是，他参加每一次活动，解决各种疑难问题（因为他在射箭研究方面博览群书），鼓励灰心丧气的人，约束心急如火的射手——这些人刚射出一箭，就朝靶子跑去，丝毫不考虑别人还在射——并让他们了解人的身体绝非刀箭不入这一事实。这使他赢得大家的尊重，而他的一言一行，也都具有很高的权威性。

有些局外人不了解情况，说射箭俱乐部是为会长挑选女士的地方，但是我们自己却完全不这么想。毕竟别的俱乐部里，多半没有这样一位拥有一片乡村绿化带，并且和蔼可亲的老先生。

我很快就发现自己对射箭有浓厚的兴趣，尤其是当我成功地将箭射到靶子上的时候。但是我对射箭的狂热，始终赶不上我的朋友白普顿。

就像是知道天生不会成为一位优秀的弓箭手，而想要努力地扭转命运一样，他将全部身心，以及大部分业余时间，都用在了射箭事业上，而且他是一个精力旺盛的年轻人，所以这让他的人生非常充实。

他有全套的高级装备，让其他人望尘莫及。他的弓采用蛇纹木材质，并衬以山胡桃木。他每天用油和蜂蜡仔细打磨这张弓，并将它收藏在一个绿色的绒布弓袋里；他的箭是菲利普·海菲尔德兵器的精品；他的弓弦取材自法兰德斯优质麻；他佩戴的射箭手套，指尖部分为皮革材质，使他能够快速转动他所说的"弦指"；他还佩戴箭筒和腰带，并且在参加每周例会时，他都带着颜色鲜艳的拭箭绒穗，腰带上挂着一个小巧的黑檀木油盒；他在射箭时，佩戴闪闪发亮的长护腕。而且只要他一听说弓箭手应佩戴的任何其他装备，就会马上去买。

白普顿是一个单身男人，同两位和善而保守的老姑娘一起生活。她们像亲生母亲一样无微不至地照料他。而他也是一个听话、懂事的小伙子，没有辜负她们所给予的一切关爱。她们对他的射箭事业极感兴趣，并且和他一起仔细选择一个适当的位置，来悬挂他的弓箭。

"你们看，"他说，"像这样的一张好弓，在不用的时候，应该始终挂在干爽的地方。"

"而且在使用的时候，也要这样，"玛莎小姐说，"因为我敢肯定，您不该站在潮湿的地方射箭。那一定会着凉的。"

玛丽亚小姐对此表示赞同，并提议在雨后活动时穿胶靴，或站在一块板子上射箭。

白普顿最初将他的弓挂在门厅内，但是在他用两颗长钉（用绿纱布缠裹，免得透过木罩，划坏里面的弓），将弓对称摆放好后，他突然想到前门时常打开，从而会让大量潮气进入门厅。他只好深感遗憾地放弃了这个位置，虽然将弓挂在这里既方便，也好看。不过他还是一直想要保留这个位置的，因为他可以将前门锁起来，让客人走家人使用的侧门——这扇门和前门一样方便，只不过在洗衣物的日子里，门口会挂满湿床单、衣服等。但话说回来，洗衣物的日子每周不过一天而已，而且只要稍加练习，就很容易从支起来的床单下面钻过去，不过最终，白普顿还是心太软，没有这样做。他将钉子从门厅的墙壁上取下来，在其他所有地方都安装了一下试试。他自己的房间需要经常通风，所以根本不行。厨房火炉上方的墙壁，是一个不错的位置，因为烟囱始终是热的。但是白普顿不同意把他的弓保存在厨房里，因为这样一来，就没有美感了。此外，那些女孩儿也许会忍不住好奇心，去拉弦和开弓。老姑娘们也不想把弓放在客厅里，因为客厅里有很多小巧的浮雕、巨大的标本、橡木和松木的画框、麦秸做的优美装饰，墙壁上也有悬挂多年的精巧饰品，而那张弓的长度，以及它的绿色绒布罩，在这些精致的饰品旁边，会显得格格不入并且不雅观。但是她们没有说出来。假如有必要，就为那张弓腾个地方好了。她们可以把壁炉台上并排悬挂着的祖父和父亲小时候的铅笔素描像拿下来。

不过，白普顿没有要求大家付出这样的代价。餐厅到了晚上就没有多大的用途了，除了玛丽亚小姐有时候织补袜子会坐在那儿。但是她多数时候喜欢到客厅做针线活儿，因为在夏季的傍晚，客厅的窗子通常是开着的，所以餐厅可以在喝完茶以后关起来。于是，白普顿就把用纱布缠裹的钉子，安装到这个整洁的小房间的墙上，并且把他的弓小心翼翼地摆在上面。第二天一整天，玛莎小姐和玛丽亚小姐拿着小块的壁纸，到处封堵他用钉子在墙上弄出的破洞，并且仔细地用剪子修整，让壁纸图案保持一致，然后用胶粘好，让人们完全看不出这些补丁。

一天下午，我路过老姑娘们的住所时，看到两个男人抬着一口棺材。我吓得目瞪口呆。

"老天爷啊！"我自言自语道，"难道是某个夫人，或白普顿……"

我毫不迟疑地冲了进去，来到这两个男人的身后。在楼梯下面，我看到白普顿，站在那里指挥。这么说不是他！我深表同情地抓住了他的手。

"是哪一位？"我连说话的力气都快没有了，"那口棺材是谁的？"

"棺材！"白普顿叫出声来，"您说什么呀，亲爱的！那不是棺材，是我的弓橱。"

"弓橱？"我惊讶地说，"什么东西啊？"

"过来看一下吧，"他一边说，一边让那两个人将它靠墙，竖着放在地上，"这是一个立式橱柜或收纳箱，专门用来存放弓箭手的武器装备的。这里是放弓的地方，这里是箭和箭筒的支架，这里是搁板和挂钩，用来摆放或悬挂各种小物品。您看，里面还用绿色的绒布做衬，而且柜门也丝毫没有缝隙，所以它可以竖在任何地方，再也不用担心潮气损坏我的弓了。堪称十全十美，对不对？您也应该有一个。"

十全十美我是承认的,但是无法赞同他的第二句话。我的收入,可比不上白普顿啊。

白普顿的装备可谓精良到极点,然而,当那些充满关爱的老姑娘们一边仔细清理灰尘,一边着了迷似的盯着悬挂在白普顿房间的那一束束箭、长护腕、手套、油盒,以及所有射箭用的配件时,或者她们允许某个朋友偷偷地看一眼弓橱内井井有条的装备时,或者自己激动地用爱慕的眼光看着那张优美而闪闪发光的弓时,她们却完全想不到,白普顿竟然是俱乐部里成绩最差的射手。在俱乐部所有千疮百孔的箭靶上,未必有一个点,他敢说是自己射中的。

实话实说,我认为白普顿天生就不是弓箭手的料。俱乐部里有些小伙子,他们的弓还没有白普顿的绒穗值钱,但是他们却能在整个下午,不停地把一枝枝箭嗖嗖地射进靶子。还有一些女士,她们可以六箭五中。而且我们也像任何俱乐部一样,对弓箭手划分不同的等级。但是没有一个人被划分在白普顿的等级内。他形单影只,完全不需要为计算得分而操心。

尽管如此,他一点儿也不气馁。除周日外,他每天练习,而且他也的确是俱乐部里唯一在夜间练习的人。当他告诉我这件事时,我小吃了一惊。

"这有什么嘛，很容易的，"他说，"您看，我挂着一个灯笼，然后在靶子旁边放一块反光板，靶子就变得亮堂堂的了，而且我相信这比白天还容易射中，因为靶子现在是您唯一能够看到的东西，所以您的注意力不会分散，"他自问自答道，"在地上找箭的工作，有相当难度，但是我对此早已习惯了。等我精通箭法后，我就能将所有的箭都射入靶子了，就再也不用找箭了，不管是白天还是黑夜。不过，"他接着说，"我已经不在夜里练习了。那天晚上，我一箭射中了灯笼，把它射成了碎片，而且那个灯笼是从别人那里借的。此外，我发现玛莎小姐对我天黑后在家里射箭感到非常紧张。她的一个朋友的小儿子，曾经被箭射中了腿，而且她说，这支箭就是在夜里，自己从弓里飞出来的。她说这件事时，一定有点儿走火入魔，但是我愿意尊重她，所以再也不借灯笼在晚上练习了。"

正如我前面说的，我们俱乐部的女士当中，有很多优秀的弓箭手。其中有的女士在俱乐部成立不过一两个月后，射箭成绩就超过了大部分男士。但是，俱乐部里最引人注目的女士，则是罗莎小姐。

当这位美丽的年轻女士站在女士们的箭靶前时，她强有力的左臂向前伸展，紧紧握住弓，纹丝不动；她的头向右微偏，手套内的三根手指，将箭向后拉到耳后；她乌黑的眼睛凝视靶心,目不转睛;而她的衣裙,与她优美而充满活力的身材相得益彰,优雅飘垂在她的脚面;这时候,我们大家都停止射箭,将目光集中在她的身上。

"她有一种古典美,"狂热暗恋她的白普顿说,"然而她又不是古典美女。因为古典美女是静止的,而她却充满了活力。嘉蕾夫人的蜡像是唯一拥有这种美的作品,但仅限于以假乱真而已。为了成为一名十全十美的弓箭手,那个姑娘唯一需要的东西,就是提高射靶的准确性。"

这倒是真的。罗莎小姐的确需要提高射靶的准确性。她的箭射出去后,总是奇怪地偏移到靶子的四面八方,非常难得会有一枝箭射到靶子上。如果她真的射中了靶子,我们都知道那只是凑巧,而且她完全没有可能再次射中。有一次,她竟然一箭命中靶心,当场独领风骚,但是在接下来的两周内,她没有一次射中靶子。总之,在射箭方面,她几乎和白普顿一样不可救药。

一天晚上,我和白普顿一起,在老姑娘的住所,坐在前面的小门廊里。我们在那里享受着饭后一支烟,而玛莎小姐和玛丽亚小姐在用她们洁白的玉手,亲自洗干净她们倍感自豪的瓷器和玻璃杯。我经常过去串门,和白普顿一起消磨一个小时。他喜欢有人听他吹牛,而我也喜欢听他说话。

　　"跟您说吧，"他一边说，一边向后靠在椅子里，把双脚翘在扶栏上，避免弄坏玛丽亚小姐的绿箩，"听我跟您说，先生，有两件事情是我梦寐以求的。它们不但是我渴望实现的两个目标，而且将成为我的最高荣誉。一件是弯弓射死一只鹰，或一只大鸟也成。然后我要将它制成标本，并且让那枝射死它的箭，继续插在它的胸上。这个证明我的箭法的战利品，要安放在我的房间，或客厅的墙壁上，并让我骄傲地想到我的儿孙们指着那只鸟，然后说：'我的祖父，就用那支箭射死了这只鸟。'并且我一定要让它流传万代。如果您能取得这样的业绩，难道您不会热血沸腾吗？"

　　"即便想到这样的业绩，我都会热血沸腾，"我答道，"用箭射下一只鹰是很难的。假如您希望将鸟的标本流传万代，最好使用步枪。"

　　"步枪！"白普顿吃惊地说，"那就没有荣誉感了。步枪很容易打下很多鸟——鹰、隼、野鸭子、杜鹃……"

　　"啊不！"我打断他的话，"杜鹃可不行。"

　　"是啊，它们也许太小了，"他说，"不过我的意思是，我对步枪打下的鹰，完全没有兴趣。你无法向人们展示打死它的子弹，因为子弹是在身体的里面，所以是不能看见的。不行，先生。弯弓射下一只鹰，和射中靶子相比，不但荣誉感高得多，而且难度也大得多。"

"这一点千真万确，"我答道，"尤其是在鹰太少，靶子太多的时候。但是，您的第二个最高荣誉是什么呢？"

白普顿说："是看到罗莎小姐戴上荣誉奖章。"

"真的？"我说。我现在突然明白，白普顿希望谁能成为儿孙们为之骄傲的祖母。

"是的，先生，"他继续说，"要是看见她戴上奖章，我会真心感到快乐的。而且她也理应获得奖章。她的射箭动作是最正确的，而且也最了解所有的规则，只不过在准确性方面存在问题。我正在认真考虑对她进行一些辅导。"

我转过身去，好像是看见谁走过来了一样，其实是不想让他知道我在偷笑。

俱乐部里最不受欢迎的人，是霍灵斯沃。他本人是一个不错的小伙子，但是作为一名弓箭手，他实在不讨人喜欢。

据我所知，他已经一而再再而三地违反过几乎所有的射箭规则。我们的会长和几乎所有会员，都对他进行过批评教育，而且白普顿甚至专为此事，登门拜访过他。但是所有这些努力，都毫无结果。他默然无视别人的射箭知识，以及别人对他的意见，而是坚持自己的射箭风格——这种风格，在任何一个略知射箭规则与方法的人看来，都荒谬之至。

　　我经常在轮到他射箭的时候在旁边观看。他当然不像罗莎小姐那样令人赏心悦目，但是他的那种全新的风格，却让我感到有趣。他用水平的方式持弓，而不是像其他弓箭手那样用垂直的方式；而且他持弓的位置非常低，在腰部左右。他不是将箭向后拉到他的耳朵，而是拉到马甲下面的纽扣。他不采用直立的姿势，身体的左侧对着靶子，而是正面对着靶子，而且还在箭的上面弯下身子。这种姿势让我想到一个古罗马士兵，被一剑刺中后扑倒下来的样子。当他用食指和大拇指捏住箭尾时，他只是懒洋洋地瞥一眼靶子，然后稍稍抬起弓，把箭放出去。更令人哭笑不得的是，他几乎箭无虚发。假如他知道如何站立，如何持弓和拉箭，他本可以成为一个非常优秀的弓箭手。但是，他现在这样的射法，却令我们忍不住嘲笑他，虽然我们的会长不能容忍我们这样做。

　　我们的射箭冠军，是一个高个子的男士。他非常沉着冷静，对待射箭如同对待自己的本职工作一样认真而诚实，在方方面面都力争最佳。他平时都使用俱乐部的弓，但是如果哪个会员有一张好弓的话，他也会向对方借来使用。他过去有时候用白普顿的弓，并称之为一流。但是由于白普顿非常不放心别人用他的弓，于是冠军很快就不再借他的弓了。

俱乐部有两枚奖章,女士的是绿色丝绸的金边奖章,男士的是绿色丝绸的红边奖章。每周活动时大家都争夺这两枚奖章,除俱乐部刚成立时有过几次例外,其他时候男士奖章始终都佩戴在冠军身上。我们很多会员都拼命想把奖章从他手里赢过来,但是我们根本无法获胜,他射得实在太好了。

一天上午,我们进城去参加活动,冠军对我说他那天下午不能按时回来,他很忙,所以必须等六点一刻的火车,这样一来就赶不上参加射箭活动了,所以他把奖章给了我,请我交给会长,让他授予那天下午的优胜者。

我们大家都非常高兴,因为冠军竟然不来参加活动了。现在,我们当中可以有一个人赢得奖章了。这对我们来说,实在不是值得骄傲的事情,因为假如冠军来了,我们是丝毫没有机会的。但是我们还是感到相当知足,毕竟在目前的情况下,我们没有理由要求更多了。

于是我们满怀新的热情,踏上了靶场,而且大部分人的表现都今非昔比,尤其是霍灵斯沃。他不但超越了自己,而且更糟糕的是,他竟然超越了我们所有的人,用二十四箭为我们的俱乐部赢得八十五分。这在当时是极为优异的成绩。实在太糟糕了!一个不懂射箭的家伙,竟然击败了我们大家。要是有一个对射箭略知一二的参观者,看到戴上冠军奖章的,竟然是一个持弓的样子像是肚子痛的人，将严重有损于我们俱乐部的形象，这是不能容忍的。

白普顿尤其怒气冲天。我们当天下午立即召开会议，并且提前结束例行的射箭活动，我们几个人聚在一起，讨论这一不幸的事件。

"我不能容忍这件事，"白普顿突然大声说，"这对我来说，简直是奇耻大辱。我要在天黑前把冠军找来。按规则，他有权在会长宣布结束前参加比赛。你们几个等在这里，我去找他。"

说完后，他委托我照看他的宝贝弓箭，然后跑步离开了。其实他用不着让我们等在这里，因为在活动结束前，我们是不能离开的，而且我们还要参加会长的特别奖活动，由女士们争夺他用花园里的花制成的一个美丽花束。

白普顿跑到火车站，然后给冠军发电报。电报内容是这样的：

"我们这里急需您火速前来。如可能，请乘坐5:30发往艾克弗德的列车。我驾车去接您。盼复。"

6:15前没有火车，所以冠军无法直接到我们村来，但是五公里外的小镇艾克弗德，在另一条铁路线上，下午有好几班列车。

冠军回复如下：

"好的。一会儿见。"

接着白普顿冲向我们的马舍，租了一匹马和一辆小马车，然后驱车前往艾克弗德。

已经过了6:30了，正当我们开始以为白普顿的计划已经失败时，他驾着马车飞奔而来，刚进门就拉缰急转弯，然后停住气喘吁吁的马，这才没有撞到坐在草地上的三位女士。冠军就坐在他的身边！

冠军甚至来不及讲话或问候。他知道我们请他来的目的，并且立即开始行动。白普顿一边催促他，一边递上自己心爱的弓。冠军挺直腰板，稳稳地站在距离男士箭靶三十二米的线上；他仔细挑选自己用的箭，检查箭上的羽毛，擦掉箭头上的泥土。然后，他用强健有力的手臂，将每一枝箭拉到尽头；他全神贯注，将目光聚焦在靶心，射完白普顿逐一递给他的二十四枝箭，获得了九十一分。

俱乐部所有的人都在给他计分。当最后一枝箭插入红环时，所有人开始大声喝彩，除了三个人：冠军、会长和霍灵斯沃。但是白普顿用巨大的喝彩声，弥补了这一美中不足。

"他们干嘛要这样恶作剧式地喝彩呢？"霍灵斯沃问

我，"我一个小时前战胜了每一个人，他们却没有为我喝彩。再说，他赢得奖章，本来就不是什么新鲜事儿——他每次都赢的。"

"是啊，"我坦率地说，"我认为大家反对您戴上奖章，是因为您不会射箭。"

"不会射箭！"他喊道，"这是什么话！我的命中率比你们任何人都高。难道你们射箭的目的，不是为了命中靶子吗？"

"是的，"我说，"这当然是我们的目的。但是正确的射箭方法，也是我们要掌握的啊。"

"正确你个头！"他大声说，"那对你们有过帮助吗？你们最好还是学习我的射法，这样你们或许能够真正提高自己的命中率。"

冠军结束比赛后，回家去吃晚饭，但是我们很多人都没有走，站在那里谈论我们是如何幸运。

"我觉得这就像是我亲手干的一样，"白普顿说，"我心中的骄傲，虽然不是射下一只鹰的那种骄傲，但却像是射下了一只直冲云霄的云雀一样。"

"是啊，那您应该更加骄傲了，"我说，"因为射中一只云雀，尤其是一只直冲云霄的云雀，肯定比射中一只鹰难得多。"

"这样啊……"白普顿若有所思地说，"话虽如此，我还是坚持云雀好了。我感到骄傲。"

在接下来的一个月里,我们的射箭技巧有了显著的提高,真的非常显著,于是我们加大了箭靶的距离,男士为三十六米,女士为二十七米,而且还认真考虑与艾克弗德俱乐部进行一场比赛。但是,由于对方是公认的实力强大的俱乐部,所以我们最后决定,将我们的挑战推迟到下个季度。

当我说我们的射箭技巧有所提高时,我并不是指我们所有的人。我也没有指罗莎小姐。尽管她的姿态依旧优美,她的每一个动作都严守规则,她却很少射中靶子。白普顿真的曾经想教她如何瞄准,但是他所建议的各种瞄准方法,都让箭偏得一塌糊涂,以至于拣箭的男孩子们,在罗莎小姐回到靶前时,都躲到隐蔽处后面不敢露头。但是她并没有气馁,而白普顿也经常鼓励她说,只要她永不言弃,按时练习,她就一定能获得奖章。考虑到白普顿是如此之诚恳,他的话即便有一点儿言过其实,也是可以原谅的。

一天,白普顿来到我家,宣布他取得了一项重大发现。

"是有关射箭的,"他说,"而且我决定告诉您,因为我知道您不会到处讲给别人听,而且也因为我希望您成为一个成功的弓箭手。"

"我深表谢意，"我说，"那么，您发现了什么呢？"

"是这样的，"他答道，"在拉弓时，要将箭尾"——他是非常讲究技术术语的——"一直拉到耳边。完成这个动作之后，就不要再为右手操心了。它和正确瞄准没有任何关系，因为它必须一直贴紧您的右耳，像是被固定在那里一样。然后，用左手调整弓的位置，使拳头一边托住箭头，一边尽可能对准靶心。接着把箭射出去，而且十有八九会命中靶子。现在，您认为这个发现怎么样？我已经对这个方案进行了全面测试，效果极佳。"

"我认为，"我说，"您已经找到了优秀弓箭手的射箭技术。您刚才说的，恰恰是操作弓箭的正确方法。"

"这么说，您不认为这是我首创的方法？"

"当然不是。"我答道。

"不过是正确的方法？"

"这一点毫无疑问。"我说。

"这样啊……"白普顿说，"那么我就用我的方式进行练习吧。"

他就这样做了，结果在有一天冠军刚好不在的时候，白普顿赢得了奖章。宣布结果的时候，我们都大吃一惊，但是最吃惊的人，恰恰是白普顿本人。自从采用正确的射箭方法后，他的水平稳步提高，但是他完全没有想到，那天自己竟然能够赢得奖章。

当会长将荣誉奖章别在他的衣领时，白普顿面色发白，然后又满脸通红。他感谢会长，并且准备向女士们和先生们表示感谢。但是也许突然想到我们不但跟他的胜利毫无关系，而且我们的表现，简直让他感到羞耻，于是欲言又止。他虽然没有怎么讲话，但是我看得出，他非常骄傲，非常开心。

他在这次优胜中，唯一感到美中不足的地方，就是罗莎小姐没有在场。她是个非常守时的人，但是在这个历史性的时刻，她却因故缺席。我没有跟他谈起这个话题，但是我知道这件事让他深感遗憾。

但是，这片乌云并不能完全遮住他心中的喜悦。他独自走回家，容光焕发，目光闪烁着光芒，弓夹在胳膊下。

那天晚上，我去拜访他，因为我认为在他平静下来后，他会愿意谈谈这件事。但是他不在家。玛丽亚小姐说他吃过晚饭后，马上就出门了，而且他吃饭的时候匆匆忙忙，如果再去练箭，是会造成消化不良的，另外，为了等他，晚饭也很晚才吃。今天的射箭活动持续得太久了，而且在露水很重的天气里，他穿着普通的鞋子在外面，这是不对的，因为一旦患了风湿或肺炎，不得不躺在床上，那么你再精通弓箭，又有什么用呢？多么善良的老妇人啊！如果可能，她真应该把白普顿装在一个绿色的绒布弓袋里。

第二天早上，离做礼拜的时间还有整整两个小时，白普顿来找我。他的脸依然容光焕发。我忍不住笑了。

"您依旧很开心啊！"我说。

"依旧开心！"他惊讶地说道，"为什么不呢？"

"的确没有理由。至少应该开心一个礼拜，"我说，"甚至更久，只要您再次获得胜利。"

我昨天晚上很想向白普顿表示热烈祝贺，但是现在却不大想了。我认为他对自己获奖，有点儿过分得意。

"听我说，"白普顿一边说，一边自己找了张椅子坐下来，并把椅子拉到我跟前，"您射出的箭太没谱——实在太没谱了。您甚至不看靶子。我告诉您一件事吧，昨天晚上我去看罗莎小姐，她对我获胜很高兴，出乎我的意料。我想到她会高兴，但是没想到她会那么高兴。她的热烈祝贺，简直让我浑身发热。"

"这样的祝贺一定是非常热烈的。"我表示同意。

"'罗莎小姐'我说，"白普顿继续说，丝毫不理会我的插话，"'我最大的心愿，就是看到您戴上这枚奖章。''但是我始终无法得到，您知道的。'她说。'您已经得到了，'我高声说道，'拿着吧。这是我为您赢的。您戴上它，我会非常开心的。''我不能这样，'她说，'这是男士的奖章。''拿着吧，'我哭了，'这是男士和所有人的！'"

"我无法告诉您后来发生的所有事情，"白普顿继续说，"您知道，我是不会说出来的。您知道她戴上了那枚奖章就行了。现在，我们俩都属于她了——奖章和我！"

我现在开始向他表示热情祝贺了。这样做是有理由的。

"我不再满脑子想着射下一只鹰了，"白普顿说，一边从椅子上跳起来，大步走来走去，"让它们自由飞翔吧。我射了最荣耀的一箭。我射到金色的光环，一箭射在正中！不仅如此，我还将它从靶上一下子射了出来！谁都不能射出这样一箭。你们现在只能去争夺红色、蓝色、黑色或白色的光环了。金色的光环是我的了！"

过了一段时间，我拜访了老姑娘们，发现白普顿不在家。现在每到晚上，家里只有这两个老姑娘。当谈论到白普顿订婚的事情时，我发现她们已经无奈地接受了这个事实。她们很难过失去他，但是她们都希望他幸福。

"我们早就知道，"玛莎小姐轻轻地叹息，"我们迟早要死的，他也迟早要结婚的。但是我们不打算抱怨。这些都是命中注定的。"她在轻轻叹息之后，露出了微笑。

第 五 章

狸猫的故事

一天,在弗吉尼亚的一个小村庄,我和马丁·海斯基尔坐在商店的门前聊天。马丁刚才出去钓鱼了,这对他来说是很稀奇的事情。

他小心翼翼地把一小串鱼放在椅子下面,然后坐下来点上烟袋,"是的,先生,"他一边说,一边又提起那一小串鱼给我看,"这是我忙乎了一整天的收获。我不经常这样浪费时间,因为我不喜欢捕看不到的东西。要是鱼待在树上,可以用枪打到的话,我就会和别人一起去猎鱼了。但是在一个小水塘里,你什么也看不见。"

我告诉他在某些情况下,鱼也会出现在树上的。比如在印度,就有一种会爬树的鱼。

"有这种事儿?"马丁惊讶地说。

当我把自己的这点儿自然知识全部告诉他时,他说:"啊,对了! 这是很有可能的。我猜在你们北方,您跟我讲过的一些小城镇里,鱼也会上树。那里的房子非常多,一个挨一个。"

"这种鱼的确是有的,马丁,"我说,同时故意回避房子的事情,因为我不想让他产生更多疑问,"但是现在我们不谈它了。"

"好的,"他说,"我同意。"

马丁是个很不错的人,而且并不笨,只是他去过的地方很少,不大了解城市的事情,甚至对当地森林以外的任何事情都不大了解。但是他对那片森林的了解,超过我遇到的任何人。他喜欢聊天,但是他非常讨厌讲故事。

"马丁,"我说,心里很高兴话题终于成功转移了,"您说今年秋天,狸猫会很多吗?"

"大概和平时一样多吧,"他答道,"您想知道些什么呢?"

"我想去猎狸猫,"我说,"这件事我还从来没有尝试过呢。"

"是啊,"他说,"我看就算您去猎狸猫,也不大会影响它们的数量。但是那有什么意思呢? 您还不如去猎负鼠,负鼠是可以吃的。"

"您从来不吃狸猫吗?"我问。

"吃狸猫!"他惊叫了一声,露出鄙夷的神态,"怎么会呢? 在这个国家,就连黑人奴仆都不吃狸猫,它们是不能吃的。"

"我认为它们和负鼠一样，都是能吃的，"我说，"它们吃的东西都差不多，对吧？"

"是啊，这方面倒是没有太大差异，但是如果你要吃它们，负鼠和狸猫就非常不同了。负鼠更像是一种树猪，而且吃起来比任何树猪都香。但是狸猫更像是猫，谁会吃猫呢？"

我刚想讲城里人杀死流浪猫，用猫肉做香肠的故事，但是又忍住了。

"没错儿，"马丁继续说，"有一位名叫提布斯的陆军上校，说他吃过狸猫肉，而且非常喜欢吃。但是他还说过青蛙很好吃呢，所以您知道，人们说的话都不怎么靠谱。听我说，我对这件事是非常了解的。狸猫是不适合人类吃的动物。"

"那么您为什么要捕狸猫呢？"我问道。

"我猎狸猫是为了好玩儿啊，"这位老伙计一边说，一边在椅子下面打着一根摩擦火柴，重新点燃已经熄灭的烟袋，"吃是一回事，玩儿则是另一回事。我不知道您是不是认为猎狸猫好玩儿，但是我猜您大概不会觉得它好玩儿的，猎狸猫对您来说，可能是非常辛苦的事情。"

"我认为那是很好玩儿的，"我说，"有很多事情对我来说非常辛苦，而对您这样的老猎手，它们不过是活动活动筋骨罢了。"

"您这话说得对，先生。这是千真万确的。这六个县里，没有一个人在打猎方面比得上我。我从小就开始打猎了，而且从中得到很多乐趣，比做其他任何事情都多。您知道，在战前人们常常为了打猎而打猎，不像现在这样。而且当时的猎物也没有现在多，还不到现在的一半呢。弗吉尼亚现在的猎物，是五十年来最多的。"

我对这种说法表示惊异，而他则继续说：

"很简单，这一切都是有原因的。如果你不杀死野兽，它们就会不停地繁殖，直到挤满整个国家。而且在战争期间，大家都没有时间猎捕它们。战争以后，我们大部分人又都忙于工作。人们在需要养家糊口的时候，是没有时间打猎的。而且告诉您吧，那边山里有很多鹿，住在这里的人过去从来没有见过这么多鹿。而且火鸡、狸猫，还有负鼠，也一年比一年多。但是河狸，由于疟疾传染的缘故，现在只剩下几百万只了。"

"河狸会得疟疾吗？"我好奇地问。

"不会，"他说，"它们要会就好了。但是它们会传染给乡亲们。在这个国家，这些河狸造成了奎因的价格最大幅度的上涨。您知道，自从战争爆发以来，它们变得为所欲为，已经开始在我们所有的溪流旁边修建水坝了，这样一来自然就把低洼地都给淹了，而且还把最好的玉米地都变成了沼泽和湿地。我跟您说吧先生，在考特溪下游,有个一英里长的河狸坝,那里的水位,已经超过了四周所有东西。这难道不会让全国都遭殃吗?而且情况也的确如此。要是人们去看看那个水坝,他们一定会把它拆掉的。我跟您说吧先生,战争给这个国家带来了大量我们不想要的东西,不仅是河狸,还有别的问题。当你顶多只能雇得起三、四个黑人奴仆在农场里干活儿时,你就没有能力去挖排水渠了,所以低洼地的所有支流和水渠都被淹了。一个农民最好的玉米地完全变成了沼泽地,而他的家人却因为疟疾的传染,而需要服用奎因,这是多么艰难的困境啊!"

"看来我们应该猎杀和捕捉这些河狸了。"我提议道。

"是啊,有时候是应该这样做的,"马丁说,"但是有一半的人都没有时间。而我是不同的,因为我不干农活。再者说,并不是每个人都能逮到它们的,捕猎河狸需要有专门的知识——但是您刚才问的是狸猫的事儿啊。"

"是的,"我说,"我想去猎狸猫。"

"这件事是非常好玩儿的。"他说,一边敲掉烟袋里的烟灰,然后将他的牛皮靴翘在门廊的栏杆上。

"战前两三年的时候,我曾经去猎过狸猫。那次打猎是我这辈子做的最美妙的事情。我以前从来没有见过这么好玩儿的事，以后也再没有过。我当时住在博瓦坦，人们都管那只狸猫叫哈斯金的狸猫，因为大家总是在老汤姆·哈斯金的农场看到他。汤姆现在已经死了，那只狸猫也死了，但是农场还在，我也还在，所以您要相信这个故事是千真万确的，就像白纸黑字一样。它是全世界最邪门儿的狸猫了，说它邪门儿，是因为它的尾巴上没有花纹。真的，您用不着跟我说没有见过那样的狸猫，因为这只狸猫就是这样的，不用再争了。所有的狸猫，尾巴上都有四、五道棕色的花纹——全部都有，除了哈斯金的这只狸猫。而且更厉害的是，它还是全世界最凶猛的狸猫，这就是为什么每一个猎人都想去猎捕它的原因了，因为一只狸猫越凶猛、越勇敢，它和狗打起架来就越好玩儿。好玩儿的地方就在这里，有的狸猫可以跟一群狗打架，而且最后还能跑掉，这正是哈斯金的狸猫干的事情，而且干了好多次。我相信全国每一个黑人奴仆，和一半的白人，都出来猎过那只狸猫了，但是始终没有逮到它。您知道，它是又狡猾又勇敢，就算你把它的树砍倒，它也会冲进狗群，就好像一只黄蜂冲进一群小学生里然后逃掉一样。它的牙齿一定有一寸多长，而且咬得很凶。它跑起来还非常快，就像一条黑蛇一样，反正他们从来没有逮到过它。但是人们常常看到它，没带枪的人在白天都可以看到它，这完全违反了狸猫的天性，因为狸猫在白天是藏起来的，只有天黑才出来。但是哈斯金的这只狸猫，和这个世界上的任何狸猫都不一样。有时候你会看见它从树上下来，自顾自地吃着东西，但是如果你把手伸进衣袋，像是要拿手枪的样子，一眨眼儿的功夫，它就跑得无影无踪了。

　　"后来我打定主意要抓到哈斯金的狸猫了，于是我成立了一个打猎队，这并不难，在那时成立一个打猎队，是全世界最容易的事情。你要做的就是发出通知，然后把大家集合起来，不管是黑人还是白人。我跟您说吧先生，他们那时候经常会成群结队地打猎，猎得最多的是狐狸，尽管那时的狐狸还没有现在的一半多。如果一个家伙起个大早，发现天气不错想要去猎狐狸，他只需要骑上马，带上狗和号角，然后去喊他的邻居。他的邻居也骑上马，带上狗，然后两个人骑着马，一起去下一个农场找人，就这样找到好多人，带着猎犬，然后出发去打狐狸——猎犬很快就可以把狐狸从地里撵出来，然后它们就不停地追赶它，像好猎手一样。有一次，一个打猎队在周五的早上出发，然后发现了一只狐狸，是一只红色的狐狸（因为灰色的狐狸跑不远）。结果他们一直追到阿尔卑马奥，直到周六天黑后才回到家。我们过去就是这样打猎的。

　　"我就这样组织好了我的打猎队，然后我们去猎捕哈斯金的狸猫，在晚饭后就出发了。老汤姆·哈斯金本人也参加了，因为他当然想亲眼看到人们杀死他的狸猫。另外还有好多人，即便我告诉您他们的名字，您也不认识。还有十几个黑人奴仆，拿着斧子，还有五、六个黑人小孩儿，带着火把。至少有十三条狗，都是狸猫猎狗。

"您知道，狸猫猎狗有时候是一只猎犬，有时候不是。猎狸猫需要非常聪明的狗，所以你得把一条普通的狗训练成一流的狸猫猎狗才行。你想有一条嗅觉很好的狗来跟踪一只狸猫，这是肯定的，但是它也需要锐利的爪子和牙齿，还有很大的勇气。我们有十三条全世界最好的狸猫猎狗，足够对付任何一只狸猫，虽然哈斯金的狸猫是与众不同的，但我相信这也足够应付得过来。

"我们进了哈斯金橡树林，就在房子后面。没过多久，狗就发现了一只狸猫的踪迹，于是我们就跟在狗后面拼命地跑。当然了，我们并不知道我们追赶的是不是哈斯金的狸猫，但是我们在出发前已经下定了决心，要是我们杀了一只狸猫，发现它不是哈斯金的狸猫的话，我们还是要继续找的，直到找到它为止。我们认为找到它不会很麻烦，因为我们非常熟悉它住的地方，而且我们直奔那个地方去了。人们不是经常有机会猎捕一只特殊的狸猫的，但是这次就是这样，就像我跟您说过的那样。"

　　从马丁·海斯基尔开始讲这个故事时那种认真的态度来看，他显然不会有时间回家在晚饭时煎鱼了，但是这不关我的事。这个老伙计难得像今天这样健谈，所以我很高兴听他谈下去，他爱谈多久都行。

　　"就像我跟您说过的那样，"马丁继续说，一边目不转睛地盯着自己的靴子尖的前方，像是在瞄准远处的一只火鸡，"我们满头大汗，气喘吁吁地追赶那只狸猫，那真是非常辛苦的差事。猎犬带着我们穿过树林最茂密的地方，然后经过卢姆雷家的小水塘——我相信世界上没有任何人到过那里，因为我从来没有见过这么难走的路——然后我们又回到树林里了。但是没过多久，猎犬就开始咆哮起来，并且围住了一棵一米多粗的大栗子树，于是我们知道我们找到它了！男孩子们点燃了火把，两个黑人奴仆开始用斧子砍树。由于工作量不是很大，所以他们不用担心狗会碍事。

　　"狗继续狂叫，皮特·威廉姆大叔牵着青克，也就是那条名叫青克宾的大狗。我认为它是全世界最棒的狸猫猎狗。它是一条很大的猎犬，棕黑色，而且它是狗群里唯一没有和哈斯金的狸猫打过架的狗。他们为了这次狩猎，特意从坎布兰把这条狗牵来的。老皮特说：'这次不会错了，汤姆老爷，是真的。你的狗群完全知道那是汤姆老爷的狸猫，而且也告诉了青克。'我看皮特大叔

是对的，因为那条狗已经迫不及待地狂叫起来，想要挣脱皮特大叔的缰绳，几乎都要把他拉倒了。

"很快，黑人奴仆们就开始喊叫，让人们躲开，接着，栗子树轰的一声倒了下来，然后所有的狗和人都朝树飞跑过去。但是他们却没有看见狸猫，因为它藏在树干上的一个洞里。于是人们只好再一次把狗轰开，好用斧子把它砍出来。没多久树就被砍断了，因为那棵树已经有点儿腐朽了，所以还没等我缓过劲儿来，那只狸猫就跳了出来。接着，一眨眼的工夫，全世界最好看的战斗就开始了。

"刚开始我还觉得，让十三条狗打一只狸猫，好像有点儿卑鄙，但是我很快就发现，对付这样一只凶猛的野兽，十三条狗实在太少了。它躺在地上打转，像是磨咖啡一样，但是每次有一条狗扑上去，它都会像闪电似的一口咬住它。那场战斗中的狗太多了，但是没过多久，有一些狗就败下阵来，而且最先退出来的狗，恰恰是本来有最好的机会逮住那只狸猫的。

"很快，一直在等待机会的老青克，死死地咬住了那只狸猫，结果了它的性命，它四腿伸直了。

"我一看到战斗结束，就立刻冲了过去，抓住了那只狸猫，结果也差点儿让自己被狗咬了，尤其是被不认识我的青克。一个男孩儿拿来火把，好让我们看清楚这只小野兽。

"原来它不是哈斯金的狸猫。它的尾巴上有花纹，跟其他的狸猫一模一样。所以说，我们那天夜里猎狸猫的事情，还没有结束。但是大家都没有反对继续打猎，因为我们刚开始得到乐趣。所以我拿定了主意，不拿到哈斯金的狸猫的尾巴，决不回家。

"我现在不记得我们杀死的第二个动物，是一只狸猫还是一只负鼠了。这是很久以前的事情了，而且我后来经常打猎，所以都忘记了。但是这次打猎的重点，我是不可能忘记的，因为就像我跟您说过的那样，这次猎狸猫是我这辈子干过的最美妙的事情。

"如果我们杀死的第二个动物，是一只负鼠，就没有多大乐趣了，因为负鼠不是一种猎兽，它不打架，虽然它的肉比较好吃。你看到树上有负鼠的话，就把树砍倒，然后把它从洞里挖出来；假如它藏在洞里的话，它只是趴在洞里装死，虽然这完全没有任何用处，因为它反正过一会儿就真的死了；有时候负鼠会用自己的尾巴倒吊在树枝上，所以你不用砍树，也可以把它打下来。它不是一种猎兽，所以人们有时候并不当场杀死它们。我见过黑人奴仆们用很长的树苗，把中间劈开，把负鼠长长的尾巴夹在里面，然后把负鼠带回家。我还见过两个黑人奴仆抬着一根那样的长杆，上面挂着两三只负鼠。他们把负鼠带回家，然后把它们养肥。我讨厌负鼠，主要是因为它的尾巴。如果它的尾巴是卷起来的，很短，而且上面有一个结，就更像猪的尾巴了，这样一来，这种东西就好像是可以吃的了。但是它的尾巴的样子，简直就像是大耗子的尾巴。

"所以，假如我们第二个发现的是一只负鼠，就没有战斗，而一些黑人奴仆就有肉吃了。但是在那之后——我记得快到半夜了——我们再次出发，而且这一次是真的朝哈斯金的狸猫去的。我信心十足，狗群也变得不一样了，它们都红了眼，像是疯了一样跑在前面，好像它们都知道这次追的不是普通的狸猫似的。我们所有的人，不管是黑人还是白人，都在后面跟着狗跑。几个小家伙陷在沼泽里，就在一条小河的下游。那条小河从哈斯金的树林流出来，一直流进韦德尔·多普的玉米地里。但是我们根本没有停下来，所以这些小家伙到最后也没有跟上来。我们顺着那条小河，穿过整个玉米地，然后狗群又带着我们斜穿到一个山坡上，我们在那里翻过两三个土沟，我差点儿在一个土沟摔断了脖子，因为我太着急了，竟然想跳过去，结果对岸塌了，但是我碰巧落在沟底的两个黑人奴仆身上，才没有摔伤，所以我立刻爬起来，又追了上去。

"我们翻过那个山坡，然后冲进韦德尔的树林，跟着一群狗穿过那片树林时，我觉得那是全世界最难走的树林。到处长满栗子树和山茱萸，树下面有各种各样的灌木，就算是一头公猪大白天穿过这个地方也是会大发脾气的。我们好不容易穿过这些树丛，再次跟上了狗群。我们身上穿的好衣服，都被撕坏了，但是旧衣服是撕不坏的，就算撕坏了我们也不心疼。狗群闻到了气味，而且告诉您说吧，它们刚找到那个小东西，我们就赶到了。您猜那是什么？是一个落进陷阱里的负鼠！

"这个陷阱是伊诺齐·彼得斯大叔弄的，他就住在韦德尔·多普的农场上。他现在已经死了，但是我清清楚楚地记得他。他的老母亲住在坎布兰，而且他是这个国家，我看大概也是全世界母亲还健在的最老的人。那只偷偷摸摸的负鼠，一路摸索着穿过玉米地，爬上那个土坡，然后沿着土沟，穿过那片茂密的树林，却掉进了伊诺齐大叔的陷阱里。当我们逮到它时，它就好像尾巴上拴了一大袋面粉似的动弹不了。

"它反正活不了多久了，因为狗群和黑人奴仆们一起，把那个陷阱撕了个稀巴烂。那个负鼠后来怎么样了，我相信谁都不知道。"

我插话问有没有人用陷阱抓到过狸猫。

"当然有，"马丁说，"我记得有一阵子，人们用陷阱抓到好多狸猫。那是老亨利·克雷竞选的时候。狸猫是辉格党的标志。它代表哈里·克雷和整个辉格党。全国每一次立竿仪式，或烤肉，或演讲，或火炬游行，都要用一只活的狸猫，放在竿顶，或人们看得到的地方，来鼓舞大家。但最后还是没有用，老亨利·克雷竞选失败了，而且一只狸猫连一个子儿都不值。

"那次落进陷阱的是一只负鼠，而且我们都非常兴奋，也非常累。我们尽快走出了树林，那里有一片玉米地。那些玉米种晚了，男孩子们找到好多可以烤着吃的玉米，虽然已经不是很嫩了，但是我们才不在乎呐。我们生了一堆火，开始烤玉米棒子。有人还带着泡菜，足够我们每个人尝一口了。我们点燃了烟袋，坐下来休息了一会儿，然后又出发去追捕哈斯金的狸猫了。"

"但是我记得您刚才说过，"我提出疑问，"你们知道哈斯金的狸猫在什么地方。"

"是啊，我们的确知道。但是您知道，有时候事情是会变化的。您从来没有遇到这种情况吗？不管怎么说，当时就是这种情况。"然后，他接着讲他的故事：

"我们围着火堆坐着抽烟时，皮特·威廉姆大叔——他就是那个牵着大狗青克的家伙，他走过来说：'听我说啊，汤姆老爷，还有你们大家，我说我们别再干这件事儿了，回家好不好？'结果我们大家都不同意，但是他还是说个不停，絮絮叨叨的。

"我们已经准备好再次出发了，皮特大叔一心想回家，却又是个老胆小鬼，不敢自己走夜路，所以只能没精打采地跟着，我们也没有理睬他，只管再次出发了。

"不到半个小时，我们就发现了一只狸猫，不过不是哈斯金的狸猫。我们靠近那条溪流时，狗开始追它，但是它并没有上树，反而跑进一棵大松树的根里。这棵大松树已经倒在地上了，一半泡在水里。那里的灌木非常茂密，所以我们有的人还以为那只是另一只负鼠，于是我们把大部分狗都叫了回来，因为我们不想让它们带着我们顺着小溪用力跑，竟然只是在追赶一只负鼠。但是一些黑人奴仆带着两三只狗穿过了灌木丛。一个家伙爬进树根里，结果狸猫一下子跳出来了。它已经无路可逃了，只能顺着垂到水里的葡萄藤爬下来。于是它顺着一根葡萄藤往下滑，就好像是一名水手顺着绳子滑下来一样。我透过树丛看到它，而且借着火把，我相当清楚地看出它不是哈斯金的狸猫。它的尾巴上，有最常见的花纹。

"那只狸猫简直就是全世界最愚蠢的狸猫。它从树上爬到水里，以为狗不会游泳，而它刚一碰到水，就发现了自己的错误，因为水里已经有一条狗在等着它了。接着，它们困住了它，有几条狗也都跳进水里，溪流里开始了一场热闹的咬架。我正要穿过树丛，喊其他人过来看热闹,那只狸猫竟然逃脱了!它打败了那些狗——这是我们带过的最没用的狗——然后它游到了对岸,结果在那里送了命,那儿也是有好几条狗的。

"我们刚走出韦德尔的树林,就立刻离开了那条溪流,因为我们这些人,尤其是黑人奴仆们,都不想走近利贾·帕克的家。您可能不认识利贾·帕克,他就住在这溪流附近,离这里有五里地,是全世界最懒的人。他的农场上有三棵很大的红橡树,他很想把它们砍倒,可他又懒得干,又没钱雇人来干,最后他想出来的办法你都无法忍受。有一次,当他知道人们夜里要出来猎狸猫时,就把他儿子在负鼠陷阱里逮到的一只狸猫用链子拴住,拖到一棵红橡树下,让它爬上去,再把它拽下来。就这样他用同样的方法让狸猫把三棵大树都爬了一遍。最后他找来一个箱子,把狸猫放进去带回家了。当然了,狗一进他的树林就立刻闻到了那只狸猫的气味。当它们来到第一棵红橡树时,以为狸猫就在树上,于是黑人奴仆们很快砍倒了那棵树,但是没有发现狸猫,所以它们又找到第二棵,就这样他们把三棵树全都砍倒了。要不是利贾的儿子后来把这件事说了出来,我们完全不知道是怎么回事。所以,我们说什么也不会再上一次当,去砍倒他的树了。

"我们绕过了帕克的农场,又走了三里多路,结果发现我们白白绕了一圈,又回到了哈斯金的树林。我们在树林里没走多远,狗就发现了一只狸猫的踪迹,于是我们都开始跟着狗跑。就连陷在沼泽地里的几个小家伙现在也回来了,他们走出沼泽后,本来是准备穿过树林回家的。没过多久,那只狸猫就被堵在树上了。当我们来到树下向上看时,都觉得这次准没错儿,那就是哈斯金的狸猫。因为这种树,是别的狸猫根本爬不上去的。大部分狸猫和负鼠都躲在很高的树上,好尽可能离狗远一点儿。但是很高的树通常很细,所以很容易砍倒。可是哈斯金的这只狸猫要聪明得多。它才不在乎爬得高不高呐,因为它知道狗完全不会爬树,而且男人和男孩儿也不可能爬树去追他,所以它选择了一棵最粗的树,好让他们不容易砍倒它。狸猫是全世界最聪明的动物了,狗都不是他们的对手。大约四五年前,我和莱利·马什住在一起,就在县法院那边。他的妻子有一只驯服的狸猫,而这个小动物,比家里任何一个人都聪明得多。有时候,当它太淘气时,他们会用链子把它拴起来,但是它总是可以挣脱,然后脖子上带着一截链子,蹦蹦跳跳地进屋。您知道狸猫怎么走路吗?它从来不像人那样直接向前走,而是弓着背,尾巴扭来扭去,头歪在一边,然后横着或交叉着走进屋,就好像它本想待在外面玩,却被迫进屋做功课一样。

"那只狸猫每次都挣脱它的链子，而且那根链子是一条很粗的狗链，这让莱利很困惑。直到有一天他发现了，他看到那个小东西一圈一圈缠绕链子，让链子越来越紧，直到有一个链环崩开。后来莱利在链子上加了一个转环，才停止了这个游戏。但是他们经常放开它，结果有一天它钻进了厨房，看到炉子旁边的那个茶壶。茶壶盖儿是敞开的，所以这个老狸猫以为茶壶是那种它被驯养前常常爬进去的黑洞。于是它爬了进去，缩成一团睡着了。过了一会儿，汉娜姑妈走进来弄晚饭。她拿起茶壶，发现茶壶很重，以为里面装满了水，于是扣上盖子，然后把茶壶挂在火上。接着她加了一些木柴，让火烧得旺一些。没过多久，茶壶就热了，接着，突然之间，盖子弹开了，狸猫好像火箭一样窜了出来。全世界的黑人奴仆，都没有一个像汉娜姑妈那样吓得半死。她以为是妖怪来了，所以拼命叫喊，结果家里所有的人都跑了过来。狸猫比你见过的任何动物都淘气，它会掏兜儿，把它找到的东西都藏起来，还会偷鸡蛋，它会趁母鸡不在的时候把鸡蛋偷走藏在小溪里面。在一个周日，比利的妻子去霍诺斯维尔听全天布道时，把她养的六只知更鸟放在一个笼子里，因为她担心那只狸猫抓到它们。她用一个钩子，把笼子吊在卧室天花板的中间，然后才去听布道。但是那只狸猫最后还是把所有的知更鸟都给吃了。没人知道它究竟是怎么干的，但是我们估计它是爬到壁炉的高处，从那里猛地跳向笼子，然后挂在笼子上，用它的爪子把一只鸟抓出来，然后它掉下来，把这只鸟吃了，接着再跳一次，直到吃光所有的鸟为止。不管怎么说，它吃了所有的鸟，而且那也是它的最后一餐。

"现在回到我们的打猎上来。那只狸猫爬上了那片树林里最粗的一棵树，然后蹲在离地面才几米高的大树杈上，偷偷看着我们。小查理·菲利斯举起一个燃烧的木块，那是一个男孩子从火堆带来的，然后朝狸猫扔去，这样我们就都可以看清楚它了。它是哈斯金的狸猫，没错儿，它的尾巴上没有花纹。然后，黑人奴仆们的斧子开始挥动起来了。我跟您说吧，他们要大干一场了。他们轮流动手，不浪费一点儿时间。我们其他的人，也把狗准备好。这一次，我们不会再让这只狸猫逃掉了。绝不会，先生！我们的狗太多了，所以我们把四、五条最笨的狗轰到一边让孩子们牵着。而其他的狗，特别是老青克，都准备好对付那只狸猫。我们还必须非常小心，因为我们都知道，只要树一倒，狸猫就会开溜。它是不会钻进树洞里，等着我们把它砍出来的。而且树上好像一个洞也没有，更何况它也不需要。它需要的一切，就是一棵很粗的树，和一个大树杈，好让它蹲在在那里思考。它正是这么干的。它在想什么花招儿。我们都很

清楚这一点，但是我们拿定主意一定要抓住它。虽然它是哈斯金的狸猫，而且我们的机会不大，我们仍然确信这次会逮到它。

"我觉得那棵树好像永远都倒不下来似的，但是没过多久，它就响起劈裂的声音，并且开始倾斜，然后终于倒下来了。所有的狗、人和孩子，都朝那个大树杈冲过去，但是那里没有狸猫。在树倒下来的时候，它看清了地形，开始朝树根方向飞跑，跑得比世界上任何闪电都要快，然后跃过了树墩，溜之大吉。我看见它这样就跑掉了，而且狗也看见了它，但是它们都没有那么快，而且它们也收不住脚了——它们朝大树杈跑得太拼命了。

"您这辈子也没有见过这样一大群人，像疯了一样，围着那棵树，但是他们没有停在那里破口大骂。狗群开始追赶那只狸猫，我们也紧紧跟在后面。它朝树林边上跑，这是很奇怪的，因为一只狸猫绝不会跑到空地上去让人抓。但是狗追得非常紧，它已经无路可逃了，所以不到五分钟，它再一次被逼上了树。这次它上了一颗很高的山核桃树，就在树林的边上，而且那棵树不是非常粗，所以黑人奴仆们拎起斧子就砍。但是没等树发出劈裂声，老哈斯金跑到他们跟前，把他们推开了。

"'别碰那棵树！'他喊道，'那棵山核桃是我的分界线！'可不是吗，那是土地丈量官做了记号的树，标出哈斯金的农场和韦德尔·多普的农场的分界点。他一看到那棵树就认出来了，我也认出来了，因为我们大家都可以看到树上的那个锯口，锯口还很新，而且天也开始亮了，所以我们现在可以看清东西了。

"我们大家都急得大喊大叫，狗和孩子们喊得更凶，但是老哈斯金就是不肯让步。他围着那棵树转，就是不让黑人奴仆碰它。他说他和大家一样，也想杀死那只狸猫，但是说什么也不能把分界树毁掉。

"您从来没有听说过这样的诡计吧？那只狸猫一定知道那是哈斯金的分界树，所以它如果知道老哈斯金也来了，一定会首先朝这棵树跑的。但是它一开始并不知道，直到它蹲在原来那棵粗树的树杈上，四下张望，并且看到都有谁来了。要是哈斯金不在，它朝那棵山核桃树跑就没有用了，因为它非常清楚那棵树是很容易被砍倒的。"

他的说法让我笑了出来，但是马丁摇了摇头。

他说："就在我们越来越急的时候，一个名叫沃什·韦伯斯特的黑人奴仆从树下跑了过来大喊：'啊，汤姆老爷！汤姆老爷！那只狸猫不是您的狸猫！它的尾巴上有花纹！'——现在天已经非常亮了，所以他看得清清楚楚。

"我们大家都冲过去，想看个究竟，结果一点儿不错，我们可以看见那个小动物蹲在一个大树杈上，好像知道我们大家在看什么似的，故意把尾巴从树杈上垂下来，好让我们看个清楚。真的是这样，它的尾巴上有条纹，像任何其他狸猫一样。"

"可是您这次完全肯定那是哈斯金的狸猫啊，"我说，"您说他们把燃烧的木块扔到大树上的时候，您看见了它的尾巴上没有花纹。"

"是这样的，"马丁说，"但是在早上天蒙蒙亮的时候，谁也不能看得非常清楚啊，尤其是人们心里非常想看见什么东西的时候，就最容易看花眼啦。至于说我确定是那只狸猫，那只能说明，一个人对一件事越是十拿九稳，就越是容易在这件事上出错。

"现在我们确定那只狸猫不是哈斯金的狸猫，而且只要老头子在场，我们也无法把它从树上弄下来，所以我们只好放弃了，并且穿过农田，朝哈斯金的家走去，我们要在他家吃早饭。一些孩子和狗还围着那棵树，但是老哈斯金命令他们走开，而且不让任何人待在那里，并且让他们把狗也带走。"

"那次打猎好像没有多大收获嘛!"我说。

"是啊，"马丁说着，把烟袋放进兜里，然后伸手去摸椅子下面的那串鱼，这些鱼放到这会儿，一定已经又干又硬了，"猎狸猫好玩儿的地方，不在于逮到它，而是追赶它的过程——其他很多事情恰恰也是这样的呢。"

说完，他拿起他的鱼离去了。

第 六 章

杜尔曼先生

从外表上，人们很难猜出杜尔曼先生的真实年纪。有时候，当他专心算账或忙于其他事务时，他看上去好像是五十五或五十七甚至六十岁的人。但是，在平时比较轻松的时候，他又像是五十岁左右的人。而在一些不寻常的场合，当生活展现出某种特殊魅力时，他又好像年轻到不超过四十五岁。

他是一家企业的负责人，事实上，他曾经是这家企业唯一的成员。企业的名称是普西公司。但是普西早就死了，而公司也已经解散了。我们的老英雄，将企业和企业名称等，统统买了下来，并且经过多年的执著经营，让企业获得了成功，实现了赢利。他的会计室是一个安静的小房间，但是他却在这里赚了很多钱。杜尔曼先生成了富有的人——的确非常富有。

尽管如此，当他在一个冬日的晚上，坐在会计室时，他的样子却老到了极点。他戴着帽子，穿着大衣，戴着手套和皮毛领子。其他工作人员都已经回家了，而他手里拿着钥匙，准备锁好门再离开。他经常最后一个走，并且在回家路上，经过办公室主任坎特菲尔德先生家时，将钥匙交给他。

杜尔曼先生似乎不急于离开，他坐在办公室思考，看起来越发的老了。实际上他并不想回家，他对回家已经感到厌倦了，这倒不是因为他的住所是一个令人不愉快的地方。城里任何一个单身汉的住处，都没有他的家那么漂亮舒适。也不是因为他感到孤单，或是懊悔自己没有妻子儿女，缺少天伦之乐。他对单身生活，百分之百感到满意。这恰恰是最适合他的生活方式。但是，尽管如此，他却对回家感到厌倦。

杜尔曼先生自言自语地说："但愿我对回家能够有一点儿兴趣。"然后他站起来，在房间里走了几个来回。可他发现自己仍然没有产生回家的兴趣时，于是又坐了下来。"但愿有什么事情，使回家成为必要，"他说，"但是很可惜没有。"于是，他又陷入沉思之中。过了一会儿他说："我所需要的，是要绝对地依靠自己，但是现在我还没有做到这一点，所以我至少不能就这样回家。当我能够拥有其他人所拥有的一切，而且还拥有他们所不曾拥有的东西时，也许，我就有兴趣回家了。"杜尔曼先生一边说，一边走出去，并锁好门。每当来到街上快步赶路时，他的想法都比较容易形成一个方案，并在他走到办公室主任的家时，变成一个比较成熟的方案。坎特菲尔德先生正准备下楼吃晚饭，杜尔曼先生按响了门铃。他亲自打开门。"我能不能耽误您几分钟？"杜尔曼先生一边说一边把钥匙递给坎特菲尔德先生，"我们去客厅谈好吗？"

杜尔曼先生走后，坎特菲尔德先生回到餐桌上，和家人一起坐下来。他的妻子想知道杜尔曼先生跟他谈了什么事情。

"只是说他明天要离开，让我照看生意，并且将他的私人信件寄到……"他提到一百多公里外的一个城市的名字。

"他要在那里待多久呢？"

"他没说。"坎特菲尔德先生答道。

"我来告诉你他应该怎么做吧，"这位女士说，"他应该让你成为企业的合伙人，然后他爱走多久，爱待多久，都随他去好了。"

"他现在不能那样做，"她的丈夫回答，"我来到这家公司以后，他曾旅行过多次，而且业务没有受到任何影响，这一点他是知道的。"

"但是你还是希望成为合伙人，对不对？"

"啊，是的。"坎特菲尔德先生说。

"起码出于感谢，他也应该想到让你成为合伙人。"

他的妻子说。

杜尔曼先生回到家里，写了一份遗嘱。他将几乎全部财产，捐赠给全国最富有、最有势力的慈善机构。

"大家将认为我是个懒人，"他自言自语地说，"所以，假如我死时我的计划还没有实现，我一定要让最有能力为我辩护的人，证明我没有精神错乱。"在上床睡觉前，他在遗嘱上签了字，并找人做了见证。

第二天，他收拾好行李，出发到附近的城市去了。他把公寓收拾得井井有条，以便随时回来。假如您看到他朝路边的车站走去，您会以为他只有四十五岁。

做好这些以后，杜尔曼先生临时住进了一家旅店，并且用了三、四天的时间在市里溜达，寻找他需要的东西。他要的东西很难描述，但是他的想法很清楚：

"我希望找到一个小而惬意的地方，不但可以居住，而且可以做一些能够亲自照看的生意。这样一来，我就可以接触各式各样让我感兴趣的人了。我的生意必须是小规模的，因为我不想工作得很辛苦。而且这个地方必须惬意而舒适，因为我希望能够享受生活。此外我还希望这个地方能像一个店铺那样，因为这样我就可以与人面对面交往了。"

这个城市，是全国范围之内他最容易找到期望的生意场所的地方，这儿到处都是独立的小店铺，但是杜尔曼先生却一时找不到自己满意的店铺。一家小布店，似乎应该由一位女店主来经营。一家百货店会带来很多有趣的顾客，但是他缺乏百货方面的知识，而且这种生意在他看来，在审美方面有所欠缺。

他对一家动物标本商的小店非常中意，这家店铺极为惬意，而且小巧玲珑，业务量多半也不会让人过于劳累。他可以把需要填充的鸟兽标本，交给有经验的工作人员完成，然后再让他把标本摆放好，供客人们选购。他还可以——还是算了吧，最好不要冒险从事自己一无所知的工作。当客人问到有关死鸟或绝迹鱼类的问题时，一个动物标本商是不应该因为无知而脸红的。于是他忍痛离开了这家令人着迷的店铺，一边心中暗想，要是他的专业对口，他一定可以让世界看到一位欢乐而又健康的维纳斯先生。

最适合他的店铺终于出现了：这是他多次路过并打量，最终感到非常满意的一家店。它是一座小砖房，在一条小巷里，但是距离城市的主要商业街不远。这家店似乎专营文具和各种不容易分类的小精品。他停下脚步，观看小橱窗内的三把小折刀，它们都别在一张卡片上，卡片的一侧用一个棋盘撑住，背面用烫金字母写着"亚洲历史"几个字，另一侧则用一把标价"一元"的微型小提琴撑住。当他仔细观看这些小商品，一直看到灯光照亮的店铺内部时,他开始发现,这正是他所理想的可爱而又有趣的工作场所,他无论如何要进去看一看。他并不打算买一把小提琴,即便是橱窗里价格低到了极点的那一把,但是一把崭新的小折刀也许是有用的。于是他走进店铺,请求看一下小折刀。

店铺负责人是一位非常可亲的老夫人,大约六十岁。她坐在小柜台的后面缝补东西。她走到橱窗前,小心翼翼地把手伸到展示的小商品中,去拿别着小折刀的卡片,而杜尔曼先生则四下浏览。店铺相当小,但是里面却似乎有很多东西。柜台后面有很多搁板,对面的墙上也有很多,搁板上放满了各式各样的小商品;在老夫人的座椅旁边的角落里,有一个小煤炉,火光明亮;而在店铺的背后,两级台阶上,是一扇半开的玻璃门,可以看到门后的一个小房间铺着红色的地毯,还有一张小桌子,而且显然已经布置好,准备吃饭了。

老夫人把小折刀递过来时,杜尔曼先生一边看,一边考虑了很长时间,然后选择了一把他认为很适合送给一个男孩儿的。接着他又仔细打量其他的小商品,比如裁纸器啦,牌戏转盘啦什么的,这些统统放在柜台上的一个玻璃盒里。他一边看,一边跟老夫人讲话。

她是一个友善、喜欢交际的人,并且非常高兴有人跟她交谈,所以杜尔曼先生不费吹灰之力,就对她本人

和她的店铺有了很多了解。她是一个寡妇，有一个儿子，估计有四十岁了，和一个批发商有业务往来。他们住在这里已经很长时间了。她的儿子是一个推销员，每天晚上回家，这是令她非常愉快的事情。但是后来他开始出差，有时候一连几个月不回家，这让她非常不开心，她感到非常孤单。

杜尔曼先生暗暗心动，但是没有打断她。

"如果有可能，"她说，"我会放弃这个地方，去乡下跟我妹妹一起生活。这对我们母子俩来说要好得多，而且亨利出差回来，也可以到乡下来看我们。"

"您干嘛不卖掉这个店铺呢？"杜尔曼先生问道，同时感到有点儿担心，因为他开始想到，如果一件事过于轻而易举，不一定靠得住。

"谈何容易啊，"她微笑道，"我们也许需要很长时间，才能找到一个愿意买下这个地方的人。我们店里的生意还不错，但是比不上过去的好光景了。另外，我的图书馆也已经年久失修，而且大部分书籍都非常旧，现在花很多钱去买新书回来也不值得了。"

"图书馆！"杜尔曼先生说，"您有一个图书馆吗？"

"是啊，"老夫人答道，"我这里有一个借阅图书馆，已经快十五年了，就在您身后，顶上的那两排板子上。"

杜尔曼先生转过身，看着长长的两排包着牛皮纸的书籍,里屋的门边竖着一个短梯,用来浏览这两排架子上的书。他没想到,这里竟然有一个图书馆,这太合他的胃口了。

"太好了!"他说,"管理一个借阅图书馆——我是说,像这么小的图书馆,一定令人非常愉快,我自己也非常想做这样一种工作。"

老夫人吃惊地抬起头。难道他也想做生意吗？单从外表看,她真没有想到。

杜尔曼先生向她解释了他的想法。他没有说自己过去做什么工作,也没有说现在坎特菲尔德先生正在为他做什么事情。他只是表达了自己目前的意愿,并且对她承认,他之所以来到店里,是因为受到她店铺的吸引。

"这么说您不是想买小折刀?"她很快地说。

"啊不,我想要,"他说,"而且我真的相信,既然我们都有意向,我也乐意买下另外两把折刀,以及您出售的所有其他商品。"

老夫人有点儿紧张地笑了一下,她也非常希望他们能够进行交易。她从后屋拿来一把椅子,和杜尔曼先生一起在炉火旁坐下来,开始谈这件事。很少有顾客进来打断他们,所以他们谈得非常详细。两个人都认为,在交易条件方面没有困难,而在目前的女主人稍加指点后,杜尔曼先生继续经营这个生意也没有困难。杜尔曼先生离去时，两个人约好几天后他将再次拜访，那时候她的儿子亨利会回家，可以彻底安排好这件事。

三个人碰面后，很快就达成了交易。由于双方都有意做成这笔交易，所以不存在什么障碍。老夫人希望推迟一段时间再转手自己的店铺，因为她希望将店铺里的每一块搁板、每一个角落和小商品，都打扫得干干净净，但是杜尔曼先生却急于接手，另一方面老夫人的儿子亨利很快就要再次出差了，他也想在离开前看到妈妈搬家并安顿下来。除了大箱子和收纳盒，以及老夫人特别珍视的几件古董家具外，没有太多的东西要搬，因为杜尔曼先生坚持要原封不动地买下店铺里的所有东西。他自言自语地说，这笔交易的全部费用，还赶不上他的朋友们买一匹马的钱。对工作一丝不苟的亨利盘点了所有的物品，杜尔曼先生也从老夫人那里学到了很多东西，比如怎样从小商品上的小价签，了解各种商品的卖价。对于借阅图书馆的管理，她进行了特别的说明。她不但让他了解书籍的特点，而且让他尽可能了解常客的特点。她告诉他可以信任哪些人，从而在这些人碰巧没有带零钱的时候，无需缴纳相当于书价的押金，就将书带走。她在有些人的名字旁边画了小叉子，这些人必须预付现金，然后才能享受进一步的优惠。

看到杜尔曼先生对这一切如此感兴趣，老夫人感到吃惊。他简直急于见到老夫人谈到的那些人。他还努力记住她告诉他的各种经营方法，如商品的购买和出售，以及店铺的日常管理。而且她讲的这些东西，他多半可以记住四分之三以上。

最后，在双方都感到满意的情况下，一切都定了下来——虽然老夫人仍然感到不放心，还想要再交代一百件事情一样。然后，在一个晴朗、寒气袭人的下午，一辆载着家具和行李的马车离去了，老夫人和她的儿子告别了旧居，而杜尔曼先生则坐在了小柜台的后面，成为一个借阅图书馆和一个文具精品店的唯一经理和业主。他想到这一点时自己也笑了，搓着手感到极为满意。

"这件事没有什么疯狂之处，"他自言自语地说，"如果我想得到一样东西，而且我也买得起，同时也没有什么坏处，那为什么不去买呢？"

对这件事，谁都不会提出反对意见，于是杜尔曼先生在炉火前再次搓着手，然后站起来，在他的店铺里走来走去，同时琢磨谁将是他的第一个顾客。

二十分钟后，一个小男孩儿打开门走进来。杜尔曼先生急忙来到柜台前接待客人。小男孩儿想买两张作文纸和一个信封。

"你想要哪种呢？"杜尔曼先生问。

男孩儿不知道都有哪些特别的种类，他认为过去的女老板卖的那种就行，所以他瞪大眼睛看着杜尔曼先生，显然很纳闷店铺的老板怎么换人了，但是他一句话也没有问。

"看来你是常客了，"杜尔曼先生说，一边打开从货架上取下来的几盒纸，"我刚开始在这里工作，所以不知道你习惯买哪种纸。但是我认为这种应该可以。"他说着，拿出几张最好的纸，和一个匹配的信封。他把这些仔细地包在一张薄牛皮纸里，然后交给男孩儿，男孩儿递给他三分钱。杜尔曼先生微笑着接过钱，然后迅速地计算了一下。就在男孩儿刚要开门时，杜尔曼先生叫住了他，并且退给他一分钱。

"你多付了一分钱。"他说。

男孩子接过钱，看了一眼杜尔曼先生，然后尽快走出了商店。

"这样的利润已经很高了，"杜尔曼先生说，"但是销售额也许比较低。"杜尔曼先生后来发现的确如此。

那天下午，店里又陆续来了一、两个客人，到了天快黑的时候，借书的人也开始来了，这让杜尔曼先生非常忙。他不仅要进行大量的登记和注销，而且还要回答很多有关店铺易主，以及能否进一些新书的问题。客人对书的数量和特色提出建议，还有人对借阅的书表示不满。

似乎每一个人，都对老夫人的离去感到惋惜。但是杜尔曼先生和颜悦色，而且也很有礼貌，他对客人选择什么样的书也非常关心，所以只有一个借阅者，似乎对店铺易主耿耿于怀。这是一个年轻人，他拖欠了四角三分钱。他用了很长时间挑选一本书，而当他终于把书拿给杜尔曼先生进行登记时，低声说希望杜尔曼先生不会反对让他的账户再保留一段时间，他保证当月第一天就结账，而且以后他希望每次借书时，都支付现金。

杜尔曼先生在老夫人的名单里查找他的名字，并且发现他的名字旁边没有叉子，于是对他说没问题，当月第一天结账完全可以。这个年轻人离去的时候，对这位新来的图书管理员感到完全满意，杜尔曼先生就这样开始打造自己的店家信誉。工作了一个晚上，他发现自己非常饿。但是他不想打烊，因为不时还有客人进来，有时候是问几点了，有时候是买一点儿东西，同时还有一些借书的客人间或到来。

最后，他还是利用没有客人的空隙，鼓起勇气，拉起卷帘门，锁好店铺，然后急匆匆来到一家旅店，在那里吃了一顿饭。那种难以下咽的饭菜，是小店铺经营者想都不会想去吃的。

第二天早上，杜尔曼先生自己做早餐，这是令人愉快的事情。他看到老夫人是怎样在后面的小屋舒舒服服地布置了一张桌子的。屋里有一个炉子，可以煮自己喜欢的任何饭菜，而且他也非常喜欢这样惬意地吃上一餐。房子里存放了很多生活用品，都是他在采购小商品时顺便买回来的。他又出去买了一条新出炉的面包，煎了一块火腿，泡了一壶浓香的茶，煮了几个鸡蛋，然后开始在小圆桌上吃早餐。这顿早餐虽然简单，却是他记忆中最美的一次。他已经开始营业，对着玻璃门坐着，几乎希望有人进来打断他吃早餐。做这样一份工作，即使从床上爬起来接待客人，也是正常的。

那天晚上，杜尔曼先生确信自己需要尽快雇用一个男孩子或别的什么人，好在自己离开的时候照看生意。每天早餐后，老夫人推荐的一个女人，会来为他收拾床铺，并打扫卫生，但是当她离去后，店里只剩下他一个人了。他决定不让这份工作伤害自己的健康，所以在一点钟时，他勇敢地锁好店门，出去吃午饭。他希望自己不在的时候没有人来买东西，但是当他返回店铺时，发现一个小姑娘，手里拿着一个水壶站在门口，她想借半斤牛奶。

"牛奶！"杜尔曼先生吃惊地说，"怎么回事，孩子，我没有牛奶啊。我自己喝茶都不放奶的。"

小姑娘好像非常失望。"沃克夫人永远不回来了吗？"她问。

"是的,"杜尔曼先生答道,"但是假如我有牛奶的话,我会像她一样借给你的。这附近有没有卖牛奶的地方呢?"

"啊,有的,"小姑娘说,"市场那边就有。"

"半斤牛奶多少钱呢?"他问道。

"三分钱。"小姑娘答道。

"那好,"杜尔曼先生说,"给你三分钱。你可以去帮我买牛奶,然后我再借给你。这样好不好呢?"

小姑娘认为这个办法非常好,于是就出发了。

即使是这样的一桩小事,也让杜尔曼先生很开心,让他感到非常新奇。那天晚上,当他吃晚饭回来时,看到两个借阅者,正在门口跺着脚等着,并且听说还有好几个借阅者来过,又走了。很显然,如果他在吃饭时间暂停营业,将给图书馆造成损失。其实,只要他登广告招聘,就很容易从一百个男孩子中挑选出一个伙计,但是他又不敢把店铺交给一个年轻人,因为这将严重损害他的惬意感,以及他的营业体验。他也许可以找一个正在上学的男孩子,愿意在中午和晚上来工作一会儿,并获得足够的薪水。但是他必须是一个踏踏实实、有责任心的男孩子。他要好好考虑一下,然后再采取行动。

他考虑了一、两天,但是并没有把全部时间都用在这件事上。在没有顾客时,他在楼上的小客厅走来走去。小客厅里的旧家具稀奇古怪，墙上挂着印刷风景画，壁炉上摆着怪诞的小饰品。其他几个小房间，在他看来几乎是可笑的。这时候门铃响了，打断了他的沉思，这让他感到遗憾。想到他拥有了这一切稀奇古怪的东西，他感到很开心。拥有店里各种各样的东西，还让他生出一种前所未有的愉悦心情。这一切是如此古怪和新奇。

他非常喜欢查阅图书馆里的书籍。很多书是过去的小说，名字都是他比较熟悉的，但是他却从来没有读过。他决心在完全安顿下来之后，尽快读上几本。

在查阅读者登记簿时，他会琢磨借阅某些书籍的读者，究竟是一些什么样的人。这也让他感到非常有趣。例如，什么样的人想读《猫咪趣事》，什么样的人可能会喜欢《尤多尔佛之谜》。但是最让杜尔曼先生感到好奇的一个人，是巨著《多姆斯托克音阶对数》的借阅者。

杜尔曼先生很诧异，"这个图书馆里竟然有这样一卷书！而且地球上怎么会跑出一个人，竟然把这卷书借走？借走还不算，"他一边查看这卷书的登记情况，一边继续说，"竟然还续借了一、二、三、四——九次！他竟然已经借去十八个星期了！"

在没有拿定主意的情况下，杜尔曼先生再次推迟了征聘助手的工作。他先要见见这个可疑的借阅者格拉斯科，而且这卷书也差不多需要再次续借了。

"如果我现在就雇一个男孩儿，"杜尔曼先生忖道，"格拉斯科也许会在我出去的时候带着书过来的。"

上次续借后，过了几乎整整两个星期，格拉斯科终于来到了店里。当时是下午，只有杜尔曼先生一个人在。这位音乐哲理的研究者，是一个沉默寡言的年轻人，三十岁上下，披着一件浅棕色的风衣，胳膊下夹着一本巨大的书。

格拉斯科听说图书馆易主的事情后大吃一惊。但是，他仍然希望新来的图书管理员，不会反对自己续借这卷书。

"啊，我不反对，"杜尔曼先生说，"绝对不会。事实上，我认为其他任何借阅者，都不想读这卷书。我出于好奇，查看了它过去的纪录，结果发现从来没有人借阅过。"

年轻人安静地微笑了一下。"是的，"他说，"我想不会有。并不是每一个人都喜欢研究音乐高等数学的，尤其是采用多姆斯托克的研究方法。"

"他的研究好像相当深入啊，"杜尔曼先生一边接过书，一边评论道，"至少我是这样认为的，从所有这些算式、疑难问题、平方、立方来看。"

"他的确是这样，"格拉斯科说，"虽然我已经读了几个月，而且我看书的时间，比大部分人都多，我却才看到五十六页。而且假如不加以温习的话，我会怀疑自己是不是彻底读懂了这部分内容。"

"一共有三百四十页呐！"杜尔曼先生用同情的口吻说。

"是的，"对方答道，"但是我完全可以肯定，随着进一步阅读，它会越来越容易的。我已经在阅读过程中发现了这一点。"

"这么说您有很多空闲时间？"杜尔曼先生评论道，"难道音乐行业现在不景气吗？"

"啊，我不是从事音乐工作的，"格拉斯科说，"我只是酷爱音乐，而且希望彻底了解音乐。但是我的工作是完全不同的，我是一家夜间药铺的店员，所以我有很多空闲时间看书。"

"夜间药铺店员？"杜尔曼先生好奇地重复道。

"是的，先生，"对方说，"我在商业区的一个大药店工作，他们通宵营业。白班的店员下班后，我就开始上班。"

"所以您有更多的空闲时间？"杜尔曼先生问。

"似乎是这样，"格拉斯科答道，"我一觉睡到中午，然后一直到晚上七点，时间都是自己的。我认为上夜班的人，可以更好地利用自己的时间。夏天，只要我愿意，每天都可以去河畔漫步，或到郊外去。"

"其实白天的时间可以做更多的事情，"杜尔曼先生说，"但是，整夜坐在药店里，会不会感觉孤寂难耐呢？半夜来买药的人，不可能非常多。我认为药店一般都有夜间服务的按铃，可以把店员叫醒。"

"我们药店在夜间并不十分冷清，"格拉斯科说，"事实上，夜里经常比白天还忙。您知道，我们四周都是报社，所以总是有人进来买苏打水或雪茄什么的。对编辑和记者来说，药店是一个明亮、暖和的地方，大家可以聚在一起聊天、喝热苏打水。在报纸开始付印的时候，总是有一群编辑记者围在炉火边等候，而且他们都非常活跃。我一生中听过的最精彩的消息，有些就是在凌晨三点多钟在药店里听到的。"

"好奇怪的生活！"杜尔曼先生说，"您知道，我从来没想到人们用那种方式自娱自乐——恐怕每天夜里都是这样的吧？"

"是的先生，每天夜里，周日也不休息。"

夜间药铺店员把他的书拿了起来。

"要回家看书了吗？"杜尔曼先生问道。

"啊，不，"店员说，"今天下午太冷了，不适合看书。我准备去快走一会儿。"

"您把书先放这儿，回来时再取不行吗？"杜尔曼先生问道，"我是说，假如您还顺原路回来的话。那本书太重了。"

"谢谢您，我会的，"格拉斯科说，"我顺原路回来。"

他走后，杜尔曼先生拿起书，开始仔细地看，但他没看多久就放下了。

"怎么会有人对这种东西感兴趣，真让人费解。"杜尔曼先生说着合上书，并把它放在柜台后面的一个小搁板上。

格拉斯科回来时，杜尔曼先生请他坐一会儿暖和一下。他们交谈了一小会儿后，杜尔曼先生开始感到饿了。冬天让人饭量大增，而且他的午饭又吃早了。于是，他对夜间药铺店员说："您就坐这儿看会儿书吧？我正好去吃晚饭。我把燃气炉点着，可以让您很舒服地坐在这里——如果您不着急的话。"

格拉斯科完全不急，而且非常高兴可以在温暖的炉火旁安静地读书。杜尔曼先生就这样把他留下来了，并且百分之百放心，因为既然老夫人允许这个人续借一本书多达九次，他一定是完全值得信任的。

杜尔曼先生回来后，两个人又在小炉子旁边交谈起来。

"每次出去吃饭，"夜间药铺店员说，"都不得不关上店铺，这一定非常令人烦恼。要是您愿意，"他犹豫不决

地说，"我可以每天下午这个时间过来，在您出去吃晚饭时待在这里。在您找到助手前，我会很高兴做这件事的。我还可以接待大部分顾客，而其他的顾客可以等您回来。"

杜尔曼先生对这个提议非常喜欢，这恰恰是他想要的。

于是格拉斯科每天傍晚都过来，在杜尔曼先生出去吃晚饭的时候读《多姆斯托克》。不久，他在吃午饭的时候也开始过来了。他说这没有什么不方便的，他已经吃过早饭了，并且喜欢读一会儿书。杜尔曼先生猜测夜间药铺店员的住处或许不够暖和，这也说明了他为什么喜欢在寒冷的下午走路，而不看书。格拉斯科的名字，列入了免费客人名单，而且他每个晚上都带走《多姆斯托克》，因为在凌晨不忙的时候，他可能有机会在店里看一会儿。

一天下午，一位年轻女士走进店里。她来还两本书，是一个多月前借去的。她没有为自己逾期还书进行辩解，只是交还了书，并且支付了罚金。杜尔曼先生并不想收这笔钱，因为这是他第一次收到这样的钱。但是这位年轻女士从外表来看，是付得起逾期罚金的人，再者说生意就是生意嘛，于是他严肃地把多收的钱找给了她。接着，她说想借《多姆斯托克音阶对数》。

杜尔曼先生盯着她。她是一位光彩照人的美丽姑娘，而且看上去很聪明，这让他无法理解，但是他还是告诉她书被借出去了。

"借出去了！"她说，"怎么回事，这本书总是被借出去。我觉得很奇怪，因为这样一本书不该有很多人想看啊。我想借这本书，已经很长时间了。"

"的确很奇怪，"杜尔曼先生说，"但是这本书确实有人想看。沃克夫人有没有答应过借给您这本书呢？"

"没有，"她说，"但是我认为有一天会轮到我的。而且我此刻特别需要这本书。"

杜尔曼先生感到问题有些棘手。他知道夜间药铺店员不该垄断这卷书，但是他又不想得罪对自己如此有用，而且对这本书如此着迷的人。可是他也不能找借口拖延，告诉这位年轻女士，说他认为书很快就会还回来，他知道不可能会这样的，这可是一本三百四十页的书啊，所以他只是表示自己非常遗憾。

"我也是，"年轻女士说，"非常遗憾！碰巧我现在有个特别的机会可以研究这本书，而以后这种机会可能再也没有了。"

杜尔曼先生同情的神态，似乎让她愿意吐露心事，于是她继续说：

"我是一名教员，现在有一个月的假期，我打算利用这个假期专攻音乐,而且我特别想读《多姆斯托克音阶对数》。您认为这本书有没有可能提前归还,您能为我保留这本书吗?"

"保留!"杜尔曼先生说,"我肯定会的。"接着他思考了几秒钟:"如果您方便后天来,我就能给您一个确切的答复。"

她说一定来。

第二天,杜尔曼先生在午饭时间离开了很久,他走遍各大书店,看看能不能买到一册多姆斯托克的巨著,但是他一无所获,那些书商对他说,这本书在国内是不可能买到的,除非他去二手书商那里找找看,而且即使他去出版这本书的英格兰找,也是不可能找到的,因为这本书早就不再版了,这本书完全没有市场。第二天,他跑了好几家二手书店,但是都找不到《多姆斯托克音阶对数》。

他回来后,对格拉斯科说了这件事。杜尔曼先生为自己这样做感到不好意思,但是又认为自己提到这件事,是受正义感的驱使。夜间药铺店员知道有人想看他心爱的书后,陷入困扰之中。

"一个女人!"他惊讶地说,"怎么会这样,这本书她能看懂两页就不错了。真是太糟糕了,我没想到还会有人想看这本书。"

"不要太心烦，"杜尔曼先生说，"我并没有决定您是不是应该还书。"

"听您这么说，我非常高兴，"格拉斯科说，"我肯定她只是一时心血来潮。我敢说她更喜欢看一本有趣的现代小说。"接着，听说这位女士下午要来，他特意把《多姆斯托克音阶对数》夹在胳膊下，出去散步了。

年轻女士在一个小时后到来，她对借阅一本现代小说完全没有兴趣，而且因为没有看到《多姆斯托克音阶对数》等待着她的到来，而深感失望。杜尔曼先生对她说自己试图再买一册但是没买到，她对此表示感谢。他还忍不住说出这本书在一位先生手里，他已经借阅了一段时间了——事实上一直是他在借阅，而且还没有读完。

年轻女士听到这些，似乎有点儿坐立不安。

"一本书在一个人手里借阅了这么久，却没有违反规定吗？"她问。

"没有，"杜尔曼先生说，"我已经研究了这个问题。我们的规定非常简单，仅仅要求在续借一本书时交付一定的金额。"

"这么说我永远得不到了？"年轻女士很沮丧。

"我认为还有希望，"杜尔曼先生说，"他还没有来得及好好思考这件事情。他是一个通情达理的青年，而且我相信他一定愿意暂时放弃对这本书的研究,好让您先看。"

"不,"她说,"我并不想这样。既然您说他在研究,而且不论白天黑夜,我不想打断他。那本书我至少要读一个月,我认为那将完全扰乱他的研究。但是我认为任何人都不应该在一个借阅图书馆里,研究一本他需要一年才能读完的书,因为根据您说的情况,这位先生至少要用那么久的时间,才能读完多姆斯托克的书。"说完她就走了。

晚上,当格拉斯科听到这一切后,变得非常严肃,他显然开始认真思考了。

"这是不公平的,"他说,"我不应该把书留在自己手里这么久。我先放弃一段时间,您可以在她来的时候,让她拿去。"说完后,他把《多姆斯托克音阶对数》放在柜台上,然后走到炉火边坐了下来。

杜尔曼先生感到伤心。他知道夜间药铺店员做得对,但是仍然感觉对不住他,"那您怎么办呢?"他问,"您要停止研究吗?"

"啊不,"格拉斯科一边说,一边严肃地盯着炉火。"我先看一些别的音乐书籍,使我不断温习这个专业,等待这位女士读完这本书。我相信她不会读很长时间的。"接着他补充道:"如果您没有不方便的地方,我会继续来这里看书，直到您找到固定的助手。"

杜尔曼先生说自己很高兴这样的安排，他已经完全放弃了招聘助手的打算，但是却没有说出来。

过了一段时间，这位女士再次来到店里，杜尔曼先生本来担心她再也不来了，但是她还是来了，并且想借阅伯尔妮夫人的《伊娃琳娜》。她微笑着说出这本书的名字，并且说她相信自己毕竟还是要借一本小说的，而且她早就想读这本书了。

"我要是您，就不借小说。"杜尔曼先生说，然后他得意地从架子上拿下《多姆斯托克音阶对数》摆在她的面前。

她显然喜出望外，但是当他告诉她格拉斯科先生在这件事上所表现出的绅士风度时，她的态度立即改变了。

"这绝对不行，"她说着放下书，"我绝不能打断他的研究，麻烦您借给我《伊娃琳娜》吧。"

在杜尔曼先生的任何劝说均告无效后，她将伯尔妮夫人的小说放在暖手罩里，然后离开了。

晚上，杜尔曼先生对格拉斯科说："现在，您可以放心地把书带走了，她不借了。"

但是格拉斯科拒绝这样做。"不行，"他一边说着一边坐在火炉旁盯着火苗，"我说把书让给她是真心的，等她过段时间看到这本书还在图书馆时，她会借走的。"

格拉斯科错了，她没有借走，并且相信他很快就会意识到，与其让它闲置在书架上，还不如自己读。

"要是别的人把书借走，"杜尔曼先生自言自语说，"这对他们俩都很合适。"但是其他借阅者，对此甚至连想都不会想。

不过有一天，这位年轻女士走进店里，想看一下那本书。注意到杜尔曼先生把书递过来时的愉快表情，她于是说："别以为我要借走，我只是想了解它对我目前研究的课题是怎么说的。"然后，她在杜尔曼先生为她在炉旁放好的椅子上坐下来，翻开《多姆斯托克音阶对数》。

她如饥似渴地读了半个多小时，然后抬起头来说："我实在无法看懂这一段。不好意思给您添麻烦了，但是如果您给我解释一下这段话的意思，我会非常高兴的。"

"我？"杜尔曼先生惊讶地说，"这怎么行，亲爱的小姐，即便要我的命，我也解释不了啊，不过请告诉我是哪页。"他一边说一边看了一下他的手表。

"二十四页。"年轻的女士答道。

"好的，"他说，"要是您可以等十或十五分钟，借过这本书的那位先生就会来了，我认为他能解释著作前半部分的任何内容。"

年轻女士似乎犹豫不决要不要等下去，但是由于非常好奇想了解对方是一个什么样的人，竟然对这本书如此痴迷，所以她决定再多坐一会儿，同时开始看书的其他章节。

没过多久，夜间药铺店员走进店来。当杜尔曼先生把他介绍给女士后，他立即同意在力所能及的情况下，给她解释那段话。于是杜尔曼先生从里屋为他搬来了椅子，他自己也在炉旁坐下了。

解释工作有相当的难度，但是最终还是完成了。然后，年轻女士谈到了这本书为什么无人问津的话题。大家讨论了一会儿，但是没有得出任何结论，虽然杜尔曼先生也放下手里的午报，参加到讨论中来。

"那么，我来告诉你们怎么做吧，"正当年轻女士站起来，准备离去的时候，杜尔曼先生说，"你们两个随时可以来看这本书。我反正也想把这里弄得更像一个阅览室，这样一来，就会有更多人给我做伴了。"

自从年轻女士看过《多姆斯托克音阶对数》后，她开始相当频繁地到店里来。她经常在店里遇到格拉斯科，并且在这种场合时，两个人就一起探讨那卷书，有时候也会长时间地谈论音乐。一天下午，他们在路上遇到，又一起来到图书馆，讨论起音阶对数来，这个讨论一直持续到女士离店。

　　杜尔曼先生心里想:"他们两个真应该成为夫妻。这样一来,他们就可以带走这本书,尽情地研究了。而且他们肯定非常般配,因为两个人都痴迷于音乐数学和哲理,而且就我所知,他们两个都不擅长乐器或歌唱,这真是天设地造的姻缘啊。"

　　杜尔曼先生对这件事想了又想,终于决定对格拉斯科提出来。当他提出来时,男青年脸红了,并且表示这件事是没什么可能性的。但是从他的举止,以及后来的言语来看,他显然曾经考虑过。

　　杜尔曼先生对这件事越来越关切,而夜间药铺店员似乎不肯采取主动。天气现在开始转暖了,杜尔曼先生也意识到,这个小房子在冬天,也许比在夏天要惬意和舒适得多。房子的四周都是高大建筑物,所以即便在这个季节,他都开始感到空气的流通,和书的周转同样重要。他经常想念自己在另一个城市的那间通风状况良好的房间。

　　一天下午,他说:"格拉斯科先生,我已经决定近期卖掉这个生意了。"

　　"什么!"对方惊呼道,"您是说要放弃这里离开?永远离开这个地方?"

　　"是的,"杜尔曼先生答道,"我准备完全放弃这个地方,离开这个城市。"

夜间药铺店员深受震动，他在这个店里度过了无数快乐的时光，而且开始感到越来越快乐了。要是杜尔曼先生离去，所有这一切都将结束。新来的店主人，是不可能让他感受到这一切的。

"您再考虑一下吧，"杜尔曼先生继续说，"我认为在我还能帮助您的时候，您应该让自己的婚事有个眉目。"

"我的婚事！"格拉斯科先生脸红了。

"是的，毫无疑问，"杜尔曼先生说，"我不是瞎子，而且我心里完全清楚，现在我来告诉您我的想法。如果您必须完成一件事，就应该在时机成熟时，第一时间去完成它，我就是这样做生意的。您不妨明天下午过来，准备向爱德华小姐求婚。她明天会来的，因为她已经两天没来了。如果她明天不来，我们就推迟到后天。但是您明天应该做好准备。我相信如果不在这里，您是很难见到她的，因为她教书的那一家人很快就会回来，而且从她对这家人的描述来看，您最好不要去他们家拜访她。"

夜间药铺店员表示需要考虑一下。

"没什么可考虑的，"杜尔曼先生说，"我们对这位女士完全了解（他说的是实情，因为他已经为了这门亲事，对双方进行了深入的了解）。听我的，明天下午过来，尽量早一点儿。"

第二天早上，杜尔曼先生来到二楼的客厅，搬下两把蓝色带坐垫的椅子,这是他最好的两把椅子,然后放在店铺后面的小房间里。他还拿下来几件小摆设,放在壁炉上,然后将房间打扫得干干净净。他甚至还从客厅拿来一块红布,把桌子罩起来。

年轻女士到来后,他邀请她到后屋,看看他刚进的新书。如果她知道他准备放弃这个生意,一定会奇怪他怎么还去买新书,但是她对他的打算一无所知。当她在桌旁坐下浏览摆在桌上的新书时,杜尔曼先生来到店铺外面,看看格拉斯科有没有来。他很快就到了。

"直接进去吧,"杜尔曼先生说,"她在后屋看书呐!我待在这里,尽可能挡住客人。我喜欢这里,而且我也需要一点儿新鲜空气。我给您二十分钟。"

格拉斯科面色苍白,但他一言不发走进屋里。杜尔曼先生双手放在衣兜里,双脚岔开,严严实实地挡在门口。他在那里站了一会儿,一边看屋外的人,一边琢磨屋里的人在做什么。上次来借牛奶而且从没有还的那个小姑娘,刚好从门口路过,但是看到他时,她赶忙跑到街对面去了,可他一点儿也没有注意到她,他琢磨着是不是该进屋了。一个男孩儿来到门前,问他有没有复活节彩蛋。杜尔曼先生因为自己没有而感到高兴。给了夜间药铺店员非常宽裕的二十分钟后,他走进屋里。跨入店门时,他用力按了一下门铃,格拉斯科从里屋的台阶上走下来。从他的表情看，事情进展顺利。

过了几天，杜尔曼先生卖掉了他的生意，包括商业信誉、固定设施和房子的租约，而买方竟然是格拉斯科先生！这笔生意堪称整件事中的点睛之笔。现在，这对幸福的人儿没有任何理由推迟完婚了，而且年轻的女士也高高兴兴地辞去了教员和家庭女教师的工作，过来经营这家令人愉快的小店。

店里有一样东西，是杜尔曼先生拒绝出售的。那就是多姆斯托克的巨著。他把这卷书作为礼物，赠送给这对儿新人，并且在书的内页夹了一张纸币，使得这份礼物的价值，远远超过了普通的结婚礼物。

"您以后打算做什么呢？"在所有事情都处理完毕后，他们问他。于是他告诉他们自己将回到原来的城市，继续做过去的生意，而且还告诉他们那是什么生意，并且表示他决定管理一个借阅图书馆。他们并没有认为他很疯狂，研究音阶对数的人，是不会为了这么一件小事就说别人很疯狂的。

杜尔曼先生返回普西公司后，发现一切工作都井井有条，令人满意。

"您好像年轻了十岁，先生，"坎特菲尔德先生说，"您一定过得非常愉快，我想不出什么事情让您这么感兴趣——而且还这样久。"

"让我感兴趣！"杜尔曼先生高声说，"这是什么话？我身边到处都是有趣的事情。我这辈子从来没有过这么令人愉悦的假期。"

晚上回家后（而且他发现自己开始愿意下班回家了），他撕掉了他的遗嘱。他现在觉得，证明自己没有神经错乱，已经没有必要了。